新潮文庫

明治・父・アメリカ

星 新一 著

新潮社版

2483

明治・父・アメリカ

1

だれでもそうだろうが、川を眺めていると、いったいこれをさかのぼったらどうなっているのだろうと考える。なぜ、ここに川が流れているのだろう。上流のほうのようすを知りたくなるのである。

人生においても、そんなようなことがある。いつもは時の流れに身をまかせ、なにやら忙しく、一日一日をすごしている。しかし、ひまができると、少年時代のことを思い出す。

そこには父がいる。私の父は、私が大学を出て四年目ぐらいに死亡した。遠い追憶のなかの父は、いつもにこにこしていた。休日には幼い私たち兄弟を、動物園とかデパートの展覧会とか、時には郊外へとか、よくどこかへ連れていってくれた。会社の仕事で旅行に出た帰りには、いつもなにかしらおみやげを買ってきてくれた。

朝の食事はいっしょだった。私たちが学校へ出かけるのと同じ時間に、会社へと出かけていった。父の帰宅はおそいことが多かった。会合などのためである。父は製薬会社を経営していた。しかし、酔って帰ることはなかった。酔って帰った父を見たことがない。

　父にどなられた記憶もない。私は神経質なおとなしい少年であり、いたずらのたぐいをしたことがなかった。そのためかもしれない。あとで知るところによると、会社における父は、机をたたき床を足でふみならし、社員をどなりつけ、雷を落しつづけだったという。もっとも、それは一瞬の後にはけろりと忘れ、だれもなれっこになっていたらしい。しかし、家庭内で大声をあげたことは、まったくない。微笑をたたえていて、静かで、姿勢がよかった。

　父はいつも、なにを考えていたのだろう。これもあとで知ったことだが、父は事業のことを考えていたのである。仕事そのものが生きがいだった。私の父に限らず、男とはそういうものなのであろう。

　私が小学三年生ぐらいの時だったろうか。父は古本屋から、和とじの『大学』という本を買ってきた。『論語』『孟子《もうし》』『中庸』とともに四書と呼ばれる本である。なかには漢字ばかりが並んでいた。父は私をきちんとすわらせ、それを開き、火ばしで一字ずつ押えて読み、あとにつづけて読めと命じた。

ちょっと面白かったが、これから毎日そうなのかと思うと、これはえらいことだと、身ぶるいした。読めないと、火ばしでひっぱたくという。しかし、それは一回きりだった。なにかのことで自分の少年時代を思い出し、それを私にこころみたわけだろう。一回きりにもかかわらず、私には印象的なことだった。昔の人はこうして字を習ったのだなと、具体的に知らされたのである。

その時はじめて、父にも少年時代があったのだということに気がついた。それまでは、父とは、もともとおとなとして存在していたものだと思っていたのだ。新鮮な発見であった。

少年時代のことは、回想するたびに、なつかしく楽しい。終戦が私の十八歳の時で、恵まれた時代に育ったとは、とても呼べない。しかし、やはりなつかしく、忘れられぬことでいっぱいである。

私の父のそれはどうだったのだろう。父の若かったころのことを書いてみようと思いついた。父は生前に思い出を三回ひとに話し、いずれも印刷物となって私のところに残っている。

まず明治時代に杉山茂丸《しげまる》氏に対してである。それは『百魔』という本の一部となって残っている。つぎに大正十三年に「ダイヤモンド」という雑誌の記者の京谷《きょうや》大助氏に対してである。それは『星とフォード』という本となった。そして、死の二年前の昭和二十四年、大山恵佐《けいすけ》氏に対してである。それは『星一評伝』という本となった。いずれも今は入手しにくい本である。

また、父の友人に荒川禎三というかたがあった。台湾で官吏をなさっていた。父は台湾で仕事をしたことがあり、官吏と民間人という関係なのだが、同郷ということで気が合い、断片的に追憶談をよくしたらしい。荒川氏はそれを「いわき民報」に連載された。

それらをもとに、まとめてみようというわけである。

いま私が生きて存在しているのは、父のおかげである。それは、父の父のおかげでもあるのだ。そのへんにさかのぼって、ふたたび流れを下ってみようと思う。世の移り変りも、ただの歴史書とちがって、少しは実感をともなって味わえるのではないだろうか。

吹く風をなこその関と思へども道もせに散る山桜かな

風よ吹くな、の意味である。源義家《よしいえ》の和歌。すなわち八幡《はちまん》太郎《たろう》義家である。これをよんだ地が勿来《なこそ》であり、むかし関所があった。磐城国《いわきのくに》菊多郡、東北街道への入口である。茨城県から北の福島県にちょっと入った、海岸ぞいの場所である。いまはその一帯、いわき市に含まれてしまっているが、勿来からさらに少し北に行くと、その菊多郡に江栗村というのがあった。そこが父の郷里である。

徳川時代、このあたりは泉藩の領地だった。小藩である。山が海に迫っていて、米作に適した面積は少ない。気候はおだやかなのだが、ゆたかな土地ではない。しかし、藩は年貢《ねんぐ》を取り立てるために存在している。夏の終りになると、役人が収穫のぐあいを調べにくる。農民たちは、その判定のゆるやかなことを祈るだけだった。

こんな伝説が残っている。

むかし、ある年、夏祭りのころから狐火《きつねび》が毎夜のごとくあらわれた。火の点が列をなして移ってゆくのである。狐の嫁入りだろうかと話しあう者もあった。

そんなころ、役人がやってきた。そして、首をかしげる。なぜという原因もなく、その年は稲がみのらないのだ。

「これでは、いたしかたない」

ごく少ない額の年貢が申し渡された。わずかな米を藩にさし出せばいいというのである。しかし、農民にとってもありがたいことではない。納めようにも収穫がないのだ。食うことさえできない。近くに幕府の直轄地《ちょっかつ》がある。そこへ移住したいと思っても、それは禁止されているのだ。

するとなんということ。役人が帰ったとたん、稲は急にみのりはじめたのだ。豊作であるうえに、年貢はわずか。だれもかれも大喜びし、狐がわれわれをあわれんで、この異変を起して下さったのだろうと、うわさをしあった。

そんなことが起ってくれたらという農民のねがいが、この伝説をうみだしたのだろう。河川の治水がよくなく、雨が多いとしばしば洪水がおこる。そのため収穫が不安定。まずしく、かなしい地方だったのだ。

江栗村に星という苗字《みょうじ》の家があった。平安時代の初期、大同年間に京の都から派遣され、この地に住みついた。先祖は加茂神社につながるという。

また、植田の城主に下山田という家があり、上遠野の城主に駒木根《こまぎね》という家があり、下川村には小野という館主の家があった。その四家が協力し、この一帯を統治していたという時代もあった。

しかし、それは遠い過去の栄光。戦国時代、徳川時代という歳月の流れのなかで、どの家もただの農民におちぶれてしまった。もっとも、どん底というわけではなかった。いくらかの余裕はあり、また家柄ということもあり、苗字帯刀を許されていた。

村の世話役という格であった。

その下川村の小野権右衛門の二男として、弘化《こうか》四年一月十日、佐吉という子がうまれた。二男ではあったが、まもなく長男が死に、小野家の相続人という立場になる。やがては村の世話役になるわけで、読み書きそろばんを習わされた。しかし、成長するにつれ、独特の個性を示しはじめた。

佐吉が十八歳になった時、縁談が持ちこまれた。好きになれば簡単に結婚できるという時代ではない。家の格の釣り合いを考えて縁組みがなされていたのである。

少しはなれた村に、鈴木平治平《へいじへい》という人がいた。農業のかたわら、米屋や質屋をやっている。ほぼ同格の家である。そこの娘に、十八歳のイチというのがいる。悪い組合せではないのではないか。

しかし、問題がひとつあった。鈴木家には男の子がなく、イチとの結婚はむこ養子となることを意味する。その話を聞いた時、佐吉は弟の権重《ごんじゅう》に言った。

「おまえはぐずだから、よそへむこ養子に行くという器用なことはできまい。この小野家をつげ。おれが出てゆくから」

そして、鈴木家のむこ養子となった。農業専門の小野家より、商業を兼業している鈴木家に魅力を持ったからでもあった。家業を手伝いながら妻のイチとのあいだに、イマ、常次郎という一女一男をもうけた。

いちおう順調に人生が進むかと思えたが、不幸なことに妻のイチに死なれてしまった。さて、どうしたものか。鈴木家は家長の平治平がまだ健在で、実権をにぎっている。佐吉がよそから後妻を迎えたら、家庭内を複雑にするばかりである。イチにはイシという妹があり、それと結婚できれば無難なわけだが、イシはイチより十五歳したで、まだ幼女である。

おとなしくしていれば、やがては家業をつげるのだが、佐吉はそんな性格でなかった。相続人を作り養子としての役目もはたせたと、鈴木家を出た。

といって、小野家に戻るわけにもいかない。そこは弟の権重がついでいるのだ。仲のいい下山田佐司右衛門《さじえもん》の家に身を寄せた。彼は佐吉の従兄《いとこ》に当るのである。そこへ入りこみ、酒を飲んでいばりながら日をすごした。そういうことのできる仲であり、また佐吉はそういう気性なのだった。

しかし、いつまでもそうしてはいられない。半年もたったころ、江栗村の星家との縁談が持ちこまれた。星家にトメという二十三歳になる娘がいる。それといっしょになる気はないかという話であった。

この時の星家の状態も複雑である。トメの両親は喜三太、ハルだが、喜三太はすでに死亡していた。その長男は喜三郎といい、コノという女と結婚し、喜一郎という男子がうまれたが、喜三郎も死亡、コノは実家に帰った。つまり、星家の構成は、ハルという老婆《ろうば》と、七歳になる孫の喜一郎、それに喜三郎の妹のトメの三人というわけである。

当時は医学が進んでいなかったので、だれが先に死ぬかわからない。このような家族が各所にあったのである。トメはしっかりした女性で、母と幼い甥《おい》の世話をし、そのため結婚の時期を逸しかけていた。

その話に、佐吉は応じた。

「おれも出もどりだ。ぜいたくは言っていられん。そのトメさんといっしょになろう。またもむこ養子だが、今回はトメさんの父親が死亡しているから、気が楽だ」

かくして佐吉はトメと結婚し、星家の人となった。そして、星家の当主の代々の名、喜三太と改名し、あととりである喜一郎の後見人という立場に立った。かつての小野佐吉、いまや星喜三太である。明治五年、満二十五歳の時であった。

その数年前、日本は明治維新という激動の時期がはじまっていた。鳥羽伏見《とばふしみ》の戦いをきっかけに戊辰《ぼしん》戦争がおこなわれた。官軍、すなわち薩長《さっちょう》土肥の軍と、幕府との戦いである。しかし、将軍の徳川慶喜《よしのぶ》に戦意がなく、ひたすら恭順の意を示し、幕府はたちまち崩壊した。そして、天皇の名によって五カ条のご誓文が発布された。

一、広く会議を興《おこ》し、万機公論に決すべし。
一、上下《しょうか》心を一にして、盛《さかん》に経綸《けいりん》を行うべし。
一、官武一途庶民に至るまで、おのおのその志をとげ、人心をして倦《う》まざらしめんことを要す。
一、旧来の陋習《ろうしゅう》を破り、天地の公道に基くべし。
一、知識を世界に求め、大いに皇基を振起すべし。

明治新政府の基本方針であった。幕府の封建体制はもう終りである。外国の文明をとりいれ、新しい国を作ろうという意味である。

このご誓文の出されたのが四月、官軍は江戸に入り、七月に名称を東京と改めた。九月には年号を改め、明治元年となった。官軍とあくまで戦ったのは長岡藩と会津藩だけだったが、それも九月には降伏した。

いわき地方には小名浜という良港がある。戊辰戦争の時、官軍は船でここに上陸し、会津へとむかっていった。会津藩とちがって、このあたりの藩は幕府側とはいっても、どこも弱小。抵抗らしい抵抗はなかった。

明治二年。天皇が東京へ移り、そこが首都となる。北海道で抵抗していた幕府の家臣、榎本武揚《えのもとたけあき》もついに降伏。東京・横浜間に電信が開通。

しかし、農民たちにとって、そう大きな変化はなかった。新政府も中央での組織づくりに忙しく、地方までは手がまわらない。いままでの藩主、つまり殿さまを知事に任命し、各地方をおさめさせている。年貢は過去五カ年の平均を基準にし、とりたてていた。

明治四年。廃藩置県。

これも実生活に関係のある事件ではなかった。名称の変更である。泉藩は泉県と変り、まもなく海岸ぞいの二県との合併がなされ、磐前《いわまえ》県となる。さらに明治九年にいたって、若松、福島との合併がなされ、いまの福島県となるのである。

明治五年。二月、福沢諭吉の『学問のすすめ』が刊行される。九月、新橋・横浜間に鉄道開通。十二月、太陽暦が実施される。

「鉄道というものが、できたそうだ。とてつもなく早いものらしい」

そんな話が伝わってくる。このへんは東京から東北にむかう浜通り街道にそっており、いろいろなうわさが、いち早く耳に入るのである。

太陽暦の実施には、だれもが奇異の念を抱いた。十二月三日を以《もっ》て、明治六年の元日としたのだ。約一カ月が、どこかへ消えてしまった形である。農民たちはあい変らず旧暦を使うが、公文書は新暦でなければならない。

よくわからないが、なにか新しい時代が来るらしいとの印象を受けた。佐吉がトメと結婚し、星喜三太となったのは、そんな時期だったのである。

福沢諭吉のあらわした『学問のすすめ』が東京からもたらされた。喜三太はそれを入手して読んでみた。

まず「天は人の上に人を造らず、人の下に人を造らずといえり」という文ではじまっている。人はだれもが平等であることを説き、学問の有益なこと、各個人の独立心の大切なこと、政治とは民より委任を受けてその代理としておこなうものであること、節を屈してまで政府に従ってはいけない、そういうことが書かれているのである。

喜三太は、なるほどと思った。五カ条のご誓文は抽象的すぎてぴんとこなかったが『学問のすすめ』は、わかりやすく説明してくれている。これが本当なのだろう。目ざめさせられたような気分になり、喜三太は感激した。それを形にあらわすため、まげをやめて、髪をざんぎり頭にした。散髪の自由は明治四年に新政府によってみとめられていたが、都会はべつとし、それをやった者はこのあたりにはいなかったのだ。武士はどう、農民はどうと、昔ながらのしきたりに従って、まげをゆっていたのである。

「星のところへ来たむこは、頭がおかしいんじゃないのか」

そんなことを言う者もあり、評判になった。人の目をひくため、気まぐれにやったのではない。来るべき時代に共鳴してやったのだ。他人にもすすめる。断髪する者がしだいにふえていった。

その明治六年の十二月二十五日、トメとのあいだに男の子がうまれた。喜三太にとっては三番目の子だが、ここ星家においては長男である。どう命名したものか迷ったあげく、かつての自分の名をつけた。佐吉である。これが私の父なのだ。

この年、政府によって地租改正がおこなわれた。米で年貢をおさめていたのをやめ、金銭で税をおさめるようにしたのである。とまどう者が多かった。喜三太はあれこれ相談を受けた。そういう立場にあったし、新しいことに関して彼なら教えてくれるだろうとたよられたのだ。喜三太はあれこれ調べて、その指導をした。そういったことが好きなのだった。やっているうちに、さらに新しい知識も吸収できる。

江栗の北のほうに、平《たいら》という町がある。いわき地方の中心である。そこに郵便局のできたのが、明治五年であった。局長以下すべて、みな士族。つまり、かつて武士だった人たちである。頭はちょんまげで、刀をさしていばっている。

「苦しゅうない。切手をはって置いて帰れ」

徳川時代そのままである。日本の郵便制度を作り、その役所の初代の長となったのは前島密《ひそか》だが、実情を知って、このような通達を出した。

〈郵便事業は大衆が相手であるから、庶民の立場に立って、商人風に心がけよ〉

上からの命令には従わないわけにいかない。それによって応対がよくなったが、こうなると庶民のほうがいい気になる。

「何通も出すから値段をまけてくれ」

「出しに来たのだから、お茶ぐらい出せ」

ユーモラスな話だが、時勢は少しずつ変ってゆく。

明治六年。征韓論がおこり、それがいれられず西郷隆盛《たかもり》らが官職を辞した。七年。東京の銀座にはじめてガス灯がともる。八年。東京・青森間に電信開通。

この明治八年に、星家に長女のアキがうまれた。佐吉の二つとし下の妹というわけである。

明治九年。廃刀令が出る。士族も刀をさしていばっていられなくなった。十年。そんな士族たちの不満が高まり、西南の役となってあらわれた。九州において西郷隆盛をかついで、政府の軍と戦ったのである。しかし、鎮圧され、西郷隆盛は自刃《じじん》。一方、この戦いのあいだに、最初の大学である東京大学が設立された。

十一年。東京に株式取引所ができる。十二年。教育令が出された。学校制度は明治五年に作られていたのだが、フランスのをそのまま持ちこんだため、わが国に合わないとの声が出て、文部大輔《たいふ》の田中不二麿《ふじまろ》が教育令を出したのだ。これによって、日本の教育はアメリカ的なものへと変化してゆく。

中央の政府は国づくりに努力しているが、農村の江栗村には大きな変化はない。佐吉はそこで成長した。

幼時の佐吉は、近所の人から「のんの」というあだ名で呼ばれていた。その原因はこうである。祭りの日、家でぼた餅《もち》が作られた。できあがらないうちから、佐吉は母のトメにせがんだ。

「ひとつおくれ」

「まだ、のんのさまへあげてない。食べるのは、それがすんでからですよ」

「おれが、のんのだ。だから、先に食べていいんだ」

早く食べたい一心で、わけもわからずそういったのだが「のんの」とは、この地方では神さまのことなのである。そうだだをこねられ、母のトメは困り、集っていた近所の人たちは面白がった。

また、こんな話も残っている。幼い佐吉が道ばたで泣いていると、通りがかりの人が十銭の銀貨をくれた。日ごろ星家に出入りしている者で、喜三太に世話になっているお礼の意味をかねてであった。佐吉がそれを家へ持ち帰ると、喜三太はどなりつけた。家の金を持ち出したのかと思ったのだ。

「よそのおじちゃんにもらったのだ」

そう弁解しても、なかなかなっとくしてもらえない。

「うそをつくと、お灸《きゅう》だ」

普通のお灸ではない。いろりのなかで燃えている木の枝を、じかに腹に押しつけるのである。佐吉は大声で泣きわめく。そのさわぎを聞いて、さっきの人がかけつけてきてくれ、事情がわかり、やっと許された。

佐吉へのしつけと教育に関して、喜三太はきびしかった。文字を教え、つぎにそれを読ませて、つかえると火ばしでひっぱたく。言うことを聞かぬと、つかまえてたちまち腹にお灸である。

「佐吉、これぐらいわからんのか……」

なぐることも、しばしばだった。佐吉とは喜三太の、かつての名である。自分自身をどなるようなものだから、遠慮はいらない。子供にとっては、たまったものじゃない。厳格もなまはんかだと反抗心がめばえてくるが、こう徹底していると、そんな余地もない。

なぜこうまできびしいのか。想像するに、喜三太の父の小野権右衛門がそうだったのではなかろうか。その性格を受けつぎ、そのような教育をされた。しかし、その成果を示そうにも、同じ家にいてはどうにもならない。あととりの立場にありながら、むこ養子の話に乗って家を出たのは、そんなところに原因があったのかもしれない。

その点、トメは対照的である。トメの父についての逸話にこんなのがある。

豊作で収入の多かった年のことである。銀行などない時代だから、金のしまい場所に困った。土蔵の梁《はり》の上とか、タルのなかなどにかくすが、どうも心配でならない。考えぬいた末、トメの父は神主を呼んで、盗難よけの祈禱《きとう》をしてもらった。

「で、お金はどこにかくしてあるのです」

神主がなにげなく聞くと、トメの父はどこにしまってあるか場所をしゃべってしまった。すると、なんということ、その神主が土蔵にしのびこんで、その金を盗んでしまった。やがて神主はつかまったが、トメの父は、

「あの神主、牢《ろう》から出たら、さぞ生活に困るだろう」と金を与えてやったという。「人を見たら泥棒と思え」の逆である。正直を通り越して、とめどなく人がよかったのだ。そして、この神主について他人に話す時も、やつは悪人だとは、決して口にしなかった。

といって、だらしない性格ではなかった。村のなかで勤勉な人とみとめられていた。トメはその性格を受けついでいた。ずるさとか要領のよさとかを、まったく持ちあわせていなかった。そして、働き者でもあった。

女であるため学問をする機会に恵まれず、文字は読めなかったが、頭はよかった。

「わかるのは紋だけで、それが残念だ」

それが口にする唯一《ゆいいつ》のぐちだった。トメの頭のなかで、言葉と図形が結びついているのは、着物についている家紋に関してであった。この紋の人はだれだと。正月など、夫の喜三太のところへ、多くの来客がある。なかには喜三太が名を忘れている客もある。そんな時、トメを呼んでたずねると、紋を見てすぐ答えてくれるのだった。

この時代の農家の妻というものは、まさにひどい状態だった。一年中、毎日毎日が労働だった。休養といえば、年に一度の鎮守さまの祭礼の日ぐらい。実家に帰って骨休めをすることができた。しかし、それも一晩だけのこと。つぎの日からは、働くだけの生活に戻る。そして、収穫のなかから税金をおさめる。明治の国家は、それによって維持されていたのである。

トメも例外でなく、よく働いた。しかし、いわゆる嫁ではなく、喜三太のほうが養子なのである。酒に酔ってどなることはできても、

「出て行け」

とまでは言えない。これが目に見えぬブレーキとなって、喜三太もある限度以上の無茶はできなかった。

佐吉、つまり私の父は、幼時を追憶して、母についてこう他人に語っている。

世の中に多くの女性がいるが、おそらく私の母ほど親切な人はないだろうと思う。それほど親切な人であった。たとえば、自分はぼろのようなよごれた着物をまとっていても、出入りの者の子供たちには、きれいな着物を作ってやるのだった。そのため、出入りの者には、慈母のようにしたわれた。出入りの者が父のかんしゃくにふれ、しかられた時などには、母のうしろに急いでかくれるというありさまだった。それに、母はじつに公平な性格の人でもあって、だれか特定の人の肩を持つとい

ったことは、絶対にしなかった。その上、ひと一倍の働き者だった。母の家系には、勤勉家が多いのである。私の今日あるのは、父から受けた教訓はいうまでもないが、母の感化によるところがはるかに多いと思っている。

トメは佐吉にとって、ほんとにいい母だった。しっかり者でもあったのである。

しかし、喜三太も酒を飲んでいばっていただけではない。それなりのことをやっていた。星家をゆたかにしなければならない。それには、米だけを作っている農業ではだめだ。染料の原料となる藍《あい》を栽培し、コンニャクを栽培し、桑を植えて蚕を飼うということをはじめた。

新しいことをやるのが好きなのだった。興味だけでやったら失敗するところだが、喜三太はいずれも成功させ、利益をあげた。いろいろと慎重に調べ、うまくいきそうだと見きわめをつけた上で、はじめたのである。そのような才能と実行力との持ち主だった。

また、それらのことを他人にもすすめた。

「あのへんの土地に桑を植え、蚕を飼いなさい。金になるよ。そうしておくと、将来、払い下げも受けやすい」

農作に適さない、つまり利用価値のない土地は、公有地。かつては藩のものであり、いまは国家の所有である。それを活用し、やがては払い下げてもらおうというのだった。喜三太は村を繁栄させようとも考えている。

喜三太がいろいろはじめるので、トメの仕事もふえた。佐吉もそれを手伝わされる。馬のえさの草刈りや、桑の葉つみをいっしょにやった。トメがむやみと働くので、それにつられてやらざるをえなかった。

田植えの前ともなると、とくに忙しい。馬を使って、水のみちた田をならす作業をやるのである。へたをすると、馬が思わぬ方角に動き、強い力で引っぱられる。

竹の根のように水田の下にはびこり、稲の生長をさまたげる雑草がある。このへんにはそれが多いのだ。それに足をとられて、トメも佐吉も倒れ、泥だらけになることもあった。そんな根をいちいち取り除かなければならない。それがまた大変な仕事なのだった。他の米作地帯にくらべ、それだけ条件が悪い。

しかし、佐吉にとって、母とともにすごす時間は、つらいものでなかった。きびしい父にどなられるより、はるかに楽しい。母には甘えることができる。祖母のハルも、孫である佐吉をずいぶんとかわいがってくれたが、母のほうが身近な存在だったのだ。あるいは、喜三太は母や祖母が佐吉を大事にしすぎるので、それをおぎなうために厳格さを教える必要を感じていたのかもしれない。

2

明治十三年、喜三太は満三十三歳で、江栗村の戸長になった。明治四年に戸籍法が定められ、各地区の戸籍事務を取り扱う当事者として、戸長なるものができた。そして、その仕事はしだいにふえていった。

どうやったものか迷う場合も多かった。そのため、明治十二年に「戸長職務心得」という、小型の三百ページの本が民間で発行された。その目次を引用する。

一　布告布達を町村内に示す
二　地租および諸税の取りまとめ上納
三　戸籍
四　徴兵の下調べ
五　地所、建物などの質入れ、売買に印を押す
六　地券台帳
七　迷子、捨子、変死人、そのほか事件の際の警察への報告

八　天災その他の難で困窮している者の調査報告
九　孝子その他、行いのよい者の調査報告
十　児童へ就学をすすめる
十一　住民の実印を登録する
十二　これらの帳簿の管理と保存
十三　国や県で整備した港、道路、堤防、橋などの修理が必要かどうかの報告

責任だらけの役目である。住民や土地に関することの一切を扱わされる。そう忙しいものではなく、いくらかの給料はもらえたのだろうが、世話好きでなければできない仕事であった。いやだと言っても、字が読め書ける人は、ほかにほとんどいなかったのだ。

また、この年に佐吉は大倉小学校に入学した。満六歳である。当時は一般にかぞえ年を使っていたが、以下、現代にあわせて満年齢で書くことにする。

喜三太は戸長であり、自分の子を就学させないわけにはいかなかった。小学校といっても、延命院というお寺の一部を利用した、そまつきわまるものだった。「お寺学校」と呼ばれていた。授業料は貧富の差によってちがい、上中下にわかれ、最高は月に五十銭だった。そのころ五十銭で、米が一斗（約十八リットル）買えた。

校長は喜三太と仲のいい、もと泉藩士の田辺保節《たなべほせつ》という人だった。酒好きの人で、酔って川のほとりを、

「天下の豪傑、われひとり」

と、どなりながら歩くこともよくあった。どちらが影響を受けたのかはわからないが、喜三太も夜、酔って大声をあげながら家へ帰ってくることが多かった。トメはそれを耳にすると、

「雷さまが戻ってくるぞ」

と家の者に注意し、酒の用意をする。喜三太は家へ帰って、また飲むのだ。一種の習慣で、それできげんがよくなり、眠りにつくのである。トメはこつを心得ていた。

といって、二人とも毎日のように飲むわけではなく、酒ぐせが悪いのでもない。酔って大声をあげるだけである。飲まない時はちゃんとした人物。だから変り方が目立つのだった。

政府は戸長を通じ、子供を小学校に入れるようすすめた。しかし、説得しても、あまりききめはなかった。

「農民や職人に、学問は必要ないでしょう」

そう考えている人が多かったのだ。この「お寺学校」にも、十四、五人の子供が入

学するが、四年後の卒業の時には、二、三人にへっている。月謝を払う余裕のある家が少なく、学校もあまり実用的なことは教えなかった。

田辺保節と、あと一人か二人の先生が、子供たちに文字を教えていたわけだろう。佐吉は田辺先生から親しく習字などをならったのである。

明治十四年、佐吉が小学二年の時である。国会開設の勅語が出された。明治の政府には、まだ議会なるものがなかったのだ。維新の時に働いた人たちが要職につき、中央集権と近代国家づくりにつとめていた。民意の反映というものはなかった。

しかし、外国の事情がわかってくると、議会を要望する声が、民間よりおこった。明治七年、板垣退助らによって民選議院設立の建白がなされ、その世論が高まっていった。政府もそれを無視できなくなり、この年、勅語の形で、九年後の明治二十三年に国会を開設することを明らかにした。

朕《ちん》祖宗二千五百有余年ノ鴻緒《こうちょ》ヲ嗣《つ》ギ、中古紐《ちゅう》ヲ解クノ乾綱《けんこう》ヲ振張シ、大政ノ統一ヲ総攬《そうらん》シ、又夙《つと》ニ立憲ノ政体ヲ建テ、後世子孫継グベキノ業ヲ為《な》サンコトヲ期ス……。

という文ではじまるものである。国民が政治に参加できるようになる。日本においてはじめてのことで、政治に関心のある人たちに、大きな希望を与えた。新聞も毎日のようにこの勅語をのせ、解説をし、多くの人にそのことを知らせようとした。福沢諭吉の『学問のすすめ』や『西洋事情』を読み、世の流れを知っている喜三太は、これでなくてはいけないと、大いに喜んだ。

「おい、佐吉。これを読め」

「むずかしくて……」

読めるわけがなかった。『論語』などより、はるかに難解である。

「おれが読み方を教えてやる」

喜三太が自分で読み、そのあと佐吉にくりかえさせる。途中でつっかえるとなぐられるので、必死になっておぼえた。読むのでなく、丸暗記である。意味など、さっぱりわからない。ただ、国会というものがなにやら重大なことらしいとだけは、少年にもわかった。それでいいのである。喜三太だって、佐吉が内容を理解できるなど思ってもいない。

政府は各学校に、この勅語をみなの前で読むように指示した。お寺学校の大倉小学校にもその通達があった。あいにく田辺先生が不在だった。持てあました先生のひとりは、星佐吉が読めるそうだと聞き、庭で遊んでいるところへやってきてたずねた。

「佐吉、ここはどう読むのか」

「その少し前はどうなっているの」

先生がそこを読むと、佐吉はそのあとをつづけて言うのだった。丸暗記の成果である。ちょっと奇妙な光景だった。

喜三太の前では、佐吉はおとなしくせざるをえなかったが、それ以外の時はわんぱくだった。夏になると、近くを流れる鮫川《さめがわ》で泳ぐ。あたりをかけまわったり、丘にのぼって遠くを見まわしたりする。遊びざかりの少年期なのだ。佐吉だって例外ではない。

近所の子供たちと、いくさごっこをすることもあった。そして、ある日、大変なことが発生した。

佐吉は八幡太郎となり、敵の安倍貞任《あべのさだとう》と争っていた。八幡太郎は天下第一の武将と語りつがれており、東北をしずめた人でもあり、また「吹く風を……」の和歌をよんだ勿来の近くということもあり、この地方では歴史上の人物として人気があった。そのいい役をとったのだから、佐吉はがき大将であった。

貞任役の少年が手製の弓で矢を放った。それが飛んできて、佐吉にあたった。そう威力のあるものでなく、ほかの部分ならどうということもないのだが、こともあろうに右の目に突きささった。たちまち血が噴き出る。

みながかけつけてきた。佐吉はうずくまりながらも、痛いとはひとことも言わず、

「どうだ、貞任、降参したか」

と叫びつづけた。だれもがその、がまん強さと強情さにあきれた。普通なら泣くか気を失うところである。

喜三太も驚き、医者へ連れていって、できうる限りの手当てをした。西洋医学は、まだほとんど普及していない時代。病気になったら、神仏に願うか、まじないにたよるのが常識だった。そんなことをしていたら、命とりになっていたかもしれない。しかし、喜三太は西洋医学の進んでいることを知っている。それをたずねて、遠くの大きな町まで佐吉を連れていった。父のきびしさの底にある愛情を、この事件で佐吉は知った。

手当てによってなんとかなおりはしたものの、視力は悪くなる一方で、やがてその目は失明してしまった。

片目だけになると、距離感がおかしくなる。たとえば、鉛筆を両手に持ち、芯《しん》の先と先とをくっつけようとする場合、片目をつぶってだとうまくいかない。

田の草を取る時も、それだけ神経を使わなければならない。手さぐりのような感じになり、器用にはいかなくなった。佐吉はわんぱくだが、畑仕事をいやがらず、みなといっしょに楽しみながらやる。しかし、片目となってからは、神経もそれだけ余分に使わなければならなくなった。

佐吉は片目という悪条件をせおって、これからの人生を生きなければならなかった。すでにアキという妹がいるが、明治十六年、星家には三番目の子がうまれた。男で、三郎と名づけられた。佐吉にとっては、十歳したの弟である。

何歳の時かは不明だが、三郎が大病にかかったことがあった。その時、トメは自分の髪の毛を切って鬼越神社へそなえ、なおるよう祈った。のちに三郎は、この境内に小さな碑をたて、それに自作の和歌をきざんだ。

わらべわれのやまひいえよとかみたちてこの大神に母は祈れり

これはいまも残っている。佐吉のけがの時も、トメは同じように神仏に祈りつづけたにちがいない。

この明治十六年に、喜三太は植田村十九カ村組合用掛という職についた。どのような仕事なのかわからないが、地域社会の世話をする役であろう。

その翌年には、十九カ村連合会議員になり、また村会議員にも選ばれた。このころ、江栗村をはじめいくつもの村が統合され、錦村《にしき》となった。江栗は、錦村のなかの大字《おおあざ》江栗と呼ばれることとなる。

錦村は約五百戸。村会議員の定員は十二名。戸長の喜三太は江栗地区の代表として選ばれたのである。それだけの人望があった。中央での議会はまだ開かれていなかったが、地方においてはこのように議会が実現しつつあったのである。

村会議員にもなると、収入もふえるが、支出もまたふえる。しかし、喜三太に財産なるものはなかった。うまれた家の小野家に行って金をよこせとは言えない。といって、星家の財産に手をつけるわけにもいかない。それはすでに相続人がきまっている。トメの兄の子の喜一郎に残すべきものなのだ。喜三太は後見人で、管理者にすぎない。そういうことに関して、当時はなかなかやかましかったのだ。

政治活動には金がいる。喜三太は人をやとい養蚕事業をかなり大がかりに発展させた。家のそばに二階だての長屋という感じの建物をたてた。そのなかで蚕を飼うのである。

開国によって、日本は文明開化の時代を迎えた。外国から買い入れたいものは、たくさんある。それには輸出をしなければならない。その代表的な品物が絹だった。喜三太はそのことを知っていた。

自分のところでやるばかりでなく、養蚕講習所を作り、みなにこの産業をすすめた。貧しい家の女の子には、その月謝を貸してやった。

「回収の確実な人に金を貸したって感謝されない。困っている人に貸せば、ありがたがられる」

と、よく口にした。金を貸し、その人が死亡すると、そのまま帳消しにした。

また、川の流れを利用し、いくつも水車を作った。その当時における、エネルギー資源の開発である。それを使って米の精白、製粉をやったり、モチをついたりして利益をあげた。それ以前は、手で石臼《いしうす》をまわして製粉し、モチは臼とキネでついていたのだ。

喜三太は産業振興に力をそそいだ。それらに要する資金は、小林蔵次《よしつぐ》という人から借りてきた。泉藩の御納戸役《おなんどやく》、つまり会計係だった人である。返済したり、また借りたり、合計したらかなりの金額におよんだはずである。それだけの事業家としての信用を、喜三太は持つにいたっていた。天分ということもあろうが、ずいぶんと研究もしたにちがいない。

夫の影響を受けてか、トメも無学ではあったが、気のきいた一面を示すようになった。いつもみすぼらしいすがたで働いているのだが、そんなところへ不意にえらい役人がやってきたりすると、

「わたしは奉公人です。きょうは、どなたもお留守です」

と言って、帰ってもらう。あまりひどい身なりなので、これが妻だとなると、村会議員としての夫の体面にかかわると思ってである。頭はいいのだ。だから、事業はわりあい順調だった。

喜三太は自分の子供にはきびしく、けっこう気むずかしい性格だったが、そとではあいそがよかった。立ち寄った家に病気で寝ている人がいると、

「かぜをひいたのか。お金をあげるから、うまいものでも食べなさい」

と、いくらか置いてゆく。これはもう少しあとのことのようだが、道で子供に会った時、おじぎをした子には一銭か二銭をやり、おじぎをしない子はしかったという。政治家であると同時に、教育家的なところもあったようである。

喜三太が村会議員になった明治十七年、佐吉は四年間の修学をすませ、大倉小学校を卒業した。まあまあという成績だった。

「これから、どうしましょう」

父に聞くと、こう告げられた。

「もっと勉強しろ。これからは学問が大事だ」

「どうやって……」

これには喜三太も困った。適当なところがない。少し大きな町なら、なにか上級の学校があるらしいが、まだ十歳の佐吉である。手ばなすのは不安だ。知人たちにたずね、やがて、佐吉に言った。

「勿来の窪田《くぼた》というところで、横山栖雲《せいうん》さんという人が塾を開いている。英語ができ、いろいろなことを知っている。おまえを入門させてもらうように、たのんできた」

そんなわけで、佐吉はそこに通うことになった。片道三キロほどある。子供の足では、ちょっとした距離。しかし、その通学によって、からだのほうもきたえられた。

横山先生には英語と漢文を教えられた。また、この海のむこうにはアメリカという国があるということも知らされた。その海を越えて軍艦がやってきた、それによって日本が開国したのだということも。

塾で学んでいる時、佐吉がだれかに、

「このカボチャヤロウ」

と言い、先生にたしなめられた。すると、

「ちがいますよ。カボチャをやろうと、すすめたのです」

と弁解した。とっさに気のきいたことが言えるようにもなっていたのだ。知識がどんどん頭に入ってゆく年齢。佐吉にとって楽しい時期だったにちがいない。

塾から帰ると、蚕の世話だの畑仕事をやらされた。しかし、旅行に行くこともできた。

江栗から十八キロほど北に平という町がある。そこからさらに八キロほど北に、玉《たま》山《やま》という鉱泉がある。農閑期に母のトメと子供たちは、そこへ出かけた。馬にカゴをつけ、それに幼い三郎を乗せてである。喜三太の仕事が順調で、いくらか余裕もできたのである。

翌明治十八年、喜三太は小川堰《えんど》土功《こう》会の議員になり、その議長に推された。この一帯は治水が悪く、洪水の損害が多い。また、水を広くゆきわたらせ米作地域をふやす必要がある。喜三太はそのための用水工事を計画し、みなを説得し、その実現にとりかかったわけである。

雄大な構想である。会合もしばしば開かれ、酒も飲む。酒に酔い、構想に酔い、帰りには大声もあげたくもなる。ただの酔っぱらいではないのである。工事は着実に進行してゆく。

その年の秋、喜三太は耳よりな話を聞きこんだ。交際が広いので、いろいろなことが耳に入る。すぐ佐吉に言った。

「平町に、授業生の養成所ができる。おまえはそこに入れ、半年間だ」

それは小学校の教員を作るための学校だった。喜三太は佐吉を、教育者にしようと考えたのだ。この星家の田畑は、喜一郎に相続させなければならない。農業をつがせることはできないのだ。となると、先生にするのが適当ではなかろうか。教育はこれからさかんになる。先生は、食いはぐれのないいい職業にちがいない。

「そうします」

佐吉は従った。この父親には反抗などできっこないのだ。平町となると、歩いては通えない。そこには寄宿舎がついているという。しばらくのあいだ、家族と別れて暮さなければならない。

この時は、やさしい母親も喜三太に反対してくれなかった。わが子をきたえるべき時だと考えたからだ。また、トメは自分自身、字が読めないことについて、つらい思いをしている。佐吉には勉強をさせてやりたい。そのいい機会だ。

いちばんさびしそうだったのは、祖母のハルだった。夫と長男に早く死なれているだけに、血のつながる年少の孫の佐吉はとくにかわいい。

こうして、佐吉はうまれてはじめて、よそで生活することになった。その心細さのため、寄宿舎で寝小便をしてしまったこともあったという。

講習がはじまる。平および近郊から、四十人ほど集った。少年ばかりでなく、年配の者もあったし、女性もいた。佐吉は勉強した。いままでは畑仕事をしながらだったが、ここでは学問だけに専念することができた。

そのため、六カ月後の卒業の時には、三番といういい成績だった。それをみやげに家に帰ると、みな喜んでくれた。祖母のハルは神棚《かみだな》にサカキをそなえ、赤飯をたいて喜んでくれた。

喜三太も佐吉が精神的に少し成長したことをみとめた。いい職場をみつけてやらなければならない。白井遠平《えんぺい》にそれをたのんだ。磐城《いわしろ》、磐前《いわまえ》、菊多の三つの郡を管理する、石城《いわき》三郡長になったばかりの人である。

白井は明治十三年に福島県の県会議員になり、河野広中議長のもとで、副議長をつとめたこともあった。話は横道にそれるが、その時、福島事件なるものが発生した。

河野広中は磐城の豪商の家にうまれた。早くから自由民権の思想を持ち、東北の民権運動の指導的な人物となった。しかし、政府は知事に三島通庸《みちつね》を任命し、これを弾圧しようとした。河野はそれに反発し、議長として県会を動員し、議案のすべてを否決するということをやってのけた。そのため、河野は政府転覆をくわだてたとして起訴され、投獄されたという事件である。

白井もその一味とみなされ、東京の石川島の監獄に入れられたが、調査の結果、関係なしとされ、釈放となった。

その白井三郡長の世話で、佐吉は平の小学校の先生として就職した。明治十九年、十二歳である。生徒のなかには自分より年長の者もいる。

自宅からはかよえないので、下宿生活をすることになった。給料は卒業の成績できまる。悪いのは三円だが、佐吉はよかったので、六円の月給。うまれてはじめての収入であった。

新しい生活に、しだいになれてゆく。江栗は農村だが、平はこの地方の商業の中心地で人口も多く、にぎやかである。

政談演説会といったものも開かれる。政治はこうあるべきだと、人の集ったところで演説するのである。福島事件で、人びとの政治への関心が高まっていた。といって、自由民権で国政を手におさめるべきだとの意見ばかりとは限らない。政府と協調し、現状を少しでもよくするほうが先決だという説の持ち主もある。

佐吉はそれを聞きにいったりした。喜三太の血をうけており、子供ながら政治に興味を持っていた。また、当時の演説会は一種の娯楽でもあったのだ。ほかに面白いことは、あまりなかった。

そのころの小学校の教科書は、ほとんどがアメリカの教科書を翻訳したものだった。フランス的なものから切り換えられたのである。そこには新鮮な思想が盛りこまれていた。教師用の参考書には、たとえばこんな物語がのっている。

二人の少年が、古い教会の屋根にあがって遊んでいた。そのうち、大きな音をたてて、屋根がこわれた。少年のうちの一人は、なんとか梁《はり》を手でつかむことができた。そして、その足首に、もう一人がつかまるという形になった。

時間が流れる。大声で助けを呼んだが、だれも来てくれない。梁につかまっている少年が言う。

「手が疲れて、もう、これ以上はがまんできないよ」

すると、足につかまっているほうの少年が聞く。

「ぼくが足からはなれたら、きみは助かりそうかい」
「たぶん、梁の上へあがれるだろう」
「わかった。じゃあ、ぼくは落ちよう。友よ、グッド・バイ」

読んで、佐吉自身がまず感動した。これまでに接してきた儒教の影響の多い本には、こんな話はのっていなかった。

ページをめくると、大統領になったワシントンが少年時代、桜の木を切ったのが自分であると、正直に申し出たという物語もあった。

わかりやすく、具体的である。抽象的なことを押しつけるいままでの教育とちがい、いきいきとした世界がそこに展開されていた。佐吉は熱を入れて話してやり、生徒たちもまた強い印象を受けた。手ごたえがある。

書物に書かれていることだけで、これだけの感銘を受けるのだ。新しい文明とは、これなのだ。もっとよく知りたい。そのなかで動いてみたい、大きな仕事をしてみたい。

東京へ出て学んでみたい。新しいものは、みな東京からここへ伝わってくるのだ。その希望がしだいに佐吉の心のなかで大きくなっていった。

休日には、歩いて自分の家に帰る。父の喜三太にそのことを言った。

「東京へ勉強に行かせて下さい」

「だめだ。おまえは先生をしていればいいのだ」

そっけなくことわられ、それ以上なにも言えなかった。あきらめきれず、母のトメに話すと、こうはげましてくれた。

「そのうち、行けるようにしてあげます。あきらめてはいけません」

「どうしたらいいのでしょう」

「お金をためなさい」

そうかと佐吉はうなずき、それを心がけはじめた。

東京へのあこがれはつのるばかり。ちょっと見るだけでもいい。その翌年の初夏、友人をさそって富士登山に出かけることにした。給料をためた金なので、喜三太も反対しなかった。二週間がかりの旅である。

行ったことのある人の話を聞き、予算をたて、ひとり三円ずつ持ってゆくことにした。たくさん持ってゆくと、つまらないことに使いかねない。計画をたて、その範囲内で節約して使う。佐吉にはそんな性格があった。

三人で行くつもりだったが、出発の時になってひとりが抜け、佐吉ともうひとりということになった。

歩きつづけて東京へたどりつく。はじめて見る東京だ。町といえば、平しか知らない。それとはくらべようもなく大きいのだ。百万人の人が生活している町。なにもかも珍しかった。

むかしの江戸城、いまの皇居はとてつもなく大きい。中心部にはレンガ造りの建物がある。銀行や新聞社だ。馬車が走っている。三十人以上も乗せ、レールの上を走る鉄道馬車もある。隅田川を蒸気船が航行している。神田、日本橋、銀座と商店がずっと並んでいる。

洋服を着て靴《くつ》をはいている人もいる。夜になると道にガス灯がともる。西洋をそのままここに移したという感じの、鹿鳴館《ろくめいかん》というみごとな建物には、白熱電灯がともっている。

もっと見物していたかったが、東京の宿賃は平均一泊三十銭、余裕はない。それに、富士へ登るという目的で出てきたのだ。それを変更したら、いいかげんな人間ということになってしまう。先を急がなければならない。

新橋から横浜までは汽車が通じていた。明治五年にできたものだ。大きく立派な石造りの新橋駅から、それに乗る。料金はいちばん安いので三十銭。

発車する。蒸気、スピード、鉄の車輪の音。流れ去るような窓のそとの景色。うまれてはじめての経験だった。これが話に聞いていた汽車なのだ。こういうものが現実に存在している。十三歳の少年がからだで感じとる、新しい文明。興奮がわきあがってくる。

横浜は東京より、さらに西洋風だった。外人の居住する地区もある。ここの横浜正金銀行は、ロンドンに支店を出して商売をしているそうだ。そんな話も聞かされる。水道の工事が進められている。

しかし、ゆっくりしてはいられない。農家の納屋《なや》や、小学校の建物にとめてもらったりし、富士の吉田口へと着く。一泊。

翌朝、暗いうちに出発し、頂上をめざす。霧と汗とで、着物がびっしょりになる。歩きつづけると、午後の二時ごろ五合目に着き、雲の上に出た。休み休み急坂をのぼり、夕方、七合目の小屋でとまった。同行の友人はそこで「もうだめだ」と落後してしまった。

つぎの朝、小屋を出てさらにのぼる。八合目あたりで朝日が地平線からあらわれるのを見た。荘厳《そうごん》な光景だった。そして、正午に頂上についた。噴火口をめぐる。海、山々、川、すばらしい眺めだった。力をふりしぼってのぼっただけに、それは一段と強い印象だった。一歩一歩のつみ重ねで、いま日本のいちばん高い所に立てたのだ。成功の感激がそこにあった。

下山は三時間。あっけないほど簡単だった。少年の佐吉は、高さというものの意味を、精神と肉体とで知ったのである。

この旅行の収穫は大きかった。

しかし、家に帰りついてまもなく、祖母のハルが病死した。六十歳。当時としては長命のほうだったが、佐吉は悲しみにひたった。もの心ついた時から、ずっとかわいがってくれた祖母なのだ。

夏が終り、学校がはじまる。先生としての佐吉は、評判がよかった。その才能をみとめ、白井三郡長はこうすすめた。

「師範学校に入って、もっと勉強しないか。そのほうがいい地位につける。父上にそれを話したら、賛成しておられた。学資のことなら、わたしが面倒をみてもいい。きみにはみどころがある」

山脈を越した西に福島町がある。そこには師範学校ができていた。それを出れば、立派な教師だ。地位も収入もよくなる。

当時、どこの地方でもそうだったのだろうが、みどころのある少年があらわれると、周囲で援助してやるという風習があった。えらくなった時のなにかを期待してという感情もこもっていただろうが、いいことであるのはたしかだった。

「少し考えさせて下さい」

佐吉はあまり乗り気でなかった。師範学校を出れば、将来は安定したものとなるだろう。小学校の校長になれれば、名士であり尊敬もされる。しかし、それは平凡に思えた。なにかもっと、新しい世界へ飛躍したかった。

若さのせいでもあった。また、東京の発展ぶりが、頭のなかにきざまれている。あそこで学びたいという希望は、強くなる一方だった。なんとしてでも実現したい。

母のトメに「お金をためなさい」と言われた。そうしようと心がけているのだが、平で生活していると、なかなかたまらない。六円の月給をもらっても、下宿代を払わなければならないし、友人にさそわれると、ついおいしいものを食べに行ったりしてしまうのだ。

なんとかしなければだめだ。佐吉はあれこれ考え、白井三郡長に申し出た。

「じつは、お願いが……」

「このあいだの師範学校のことか」

「師範学校に進むのはやめました。山田小学校へ転任させていただきたいのです」

「ここの平の小学校のほうが格が上だぞ。また、師範学校へ行く気もなくしたとは。どういうことなのだ」

「自宅から通勤できる学校へつとめたいのです」

「ははあ、ひとり暮しはさびしいのだな」

「ちがいます。お金をためたいのです。自宅から通勤すれば、下宿代のぶんを貯金にまわすことができます」

「それはまた、教師らしからぬことだな。学問がきらいなのか」

「そんなことはありません。じつは……」

佐吉は決意を打ちあけた。東京へ出て、もっと勉強したいことを。それには、お金をためなくてはならないことを。

白井はうなずいた。

「うむ。若者らしい大きな望みだな。しかし、容易でないぞ。ここにいれば、ぶじに人生をすごすことができる」

「その、ぶじな人生が面白くないのです」

佐吉の心のなかでは、このあいだの旅の思い出がわきたっている。東京、横浜。文明のすばらしさが、未来を示すかのように、点在していた。ああいうものを、ここにもたらさなければならない。いや、ああいうものを生みだすものを、みなに知らせる。それこそ教育ではないか。

やる気になれば、できるはずだ。富士山頂での印象がよみがえる。苦しみを乗り越えたからこそ、あの満足感が味わえたのだ。人生に困難はつきものだ。それを克服して、高みにのぼらなければならない。

そんな佐吉のようすを見て、白井は言った。

「だいぶ思いつめているようだな。ま、いいだろう。山田小学校へ移っていい」

その辞令をもらうことができた。十三歳である。佐吉は教師という社会人でもあるが、まだ少年なのだ。母や弟妹と生活できることがうれしくもあった。

片道四キロをかよって小学校で教え、六円の月給をもらう。必要な書物以外に金は使わず、郵便貯金にした。郵便貯金の制度は、明治八年からおこなわれていた。

しかし、自宅で暮すと、いろいろな仕事を手伝わなければならない。それは仕方のないことだったし、佐吉は働くことになれていた。

佐吉が給料をためつづけていることを知ったある人が、こうたのんできた。

「商売のため、お金がいるのです。しばらくのあいだ貸してくれませんか。利息はお払いしますよ」

佐吉は母に相談し、それを貸して利息をもらった。お金は少しずつふえてゆく。その一方、勉強もつづけた。

表紙に星佐吉と墨で名の書いてある「日本大家論集」という雑誌が私のところに何冊か残っている。博文館発行のもので、わが国で最初の総合雑誌。毎月発行で、定価十銭である。

明治二十一年七月号の目次の一部。

日本人の性質	元老院議長	加藤弘之
病気の話	医科大学長	三宅　秀
化学と物理学の関係を論ず	理科大学教授	桜井錠二《じょうじ》
歌道の沿革	文科大学教授	小中村清矩《きよのり》
法学指南	法学士	江木　衷《ちゅう》
学術の本体	文学士	前川亀次郎
島津久光公伝		

百十ページほどのもので、工学、経済、史学、技芸、哲学、宗教、教育、翻訳、伝記と各分野にわたっている。執筆者は一流の学者で、かなり高度な内容である。

こういったものを読んで、知識を吸収していたのである。

やがて、八十円の金がたまった。佐吉はそれを父の前に出して言った。

「これだけ、ためました。東京へ勉強に行かせて下さい」

「だめだ。おまえはここの学校で教えていればいい」

喜三太は首を横にふった。自分は村の産業の育成につとめている。みなの世話もしている。それを見習いながら成長すれば、佐吉もいちおうの人物になれるはずだ。東京へ行って変なことをおぼえてくることもない。東京には人を堕落させるものも多くある。わが子を思えばこその反対だった。また、正直なところ、そばへおいておきたかったのだ。

「わたしは、もっといろいろなことを学びたいのです。きっと、えらくなってみせます……」

佐吉はねばり、あきらめなかった。決意が顔にあらわれていた。今度は、母のトメもいっしょに口ぞえしてくれた。

「佐吉がこれだけ思いつめているのです。東京へ行かせてやって下さい。あたしからもお願いします」

畳にひたいをすりつけるようにして、たのんでくれた。トメにしては珍しいことだった。喜三太が佐吉に言う。

「勉強して、どうえらくなるつもりだ」

「まず勉強です。新しい文明について、たくさん知りたい。いい先生になれると思います。また、商売をして、お金をもうけてみたい気もします。いままでは商人に学問などいらなかった。しかし、これからの時代はちがうようです。学問を身につけた上で商売をすれば、きっと大きな仕事ができるはずです。しかし、まず新しい世の中をよく知りたいのです」

「うわついた気分ではないようだな」

喜三太は考えこむ。彼は星家に養子に来たわけだが、いまはようすがちがっている。明治十二年にトメの兄の子、喜一郎に星家の財産を相続させている。さらに、喜三太の弟、小野権重の長女カツと結婚させた。つまり、喜一郎は一人前になり、喜三太は後見人の役はすませたわけであり、現在は近くにたてた、別の家に住んでいる。

いまの喜三太の財産である田畑や養蚕所は、自分の力でかせいで作ったものだ。戸籍上も現実も、分家して新しく星家を作ったという状態である。その当主で、もはや養子ではない。

トメの発言力もそれだけ低くなっており、だから佐吉のために、泣きついて助言しなければならなかった。そのため、母親としての純粋さがあふれていた。

腕組みをして、喜三太はうなずく。うむ、この佐吉というむすこは、この程度の財産を受けつぐのでは、満足できないらしい。もっと大きな夢を持っているようだ。希望をかなえてやるか。東京でなにかを学んだら、この村に新しい産業をおこすかもしれない。

「よし、わかった。東京へ行っていいぞ」

「本当ですか。ありがとうございます」

佐吉は喜びにあふれた。富士山の上に立った時の気分だった。

「がんばって八十円ためたとは感心だ。二十円、出してやろう。ちょうど百円になる」

「きっと成功してみせます」

とうとう父の許可をもらうことができた。

このころ、喜三太は人生の働き盛りだった。明治二十二年の五月には、村会議員に再選された。四十二歳である。

この年、政府は新しく町村制をさだめた。戸長という役がなくなり、町長、村長が作られ、それは住民の選挙によってきまる。政府の任命する府や県の知事による支配と、地域住民の生活をうまく適合させるという、やっかいな役である。

その錦村の村長に、喜三太は選ばれた。みながその政治力をみとめたのである。なお、村会議員も兼任であった。愛読書である『学問のすすめ』によって、これからは民衆の意見でことを進展させなければならないと知っている。まさに適任であり、本人も好きな仕事だった。

村長となると、毎日、役場へ出勤しなければならない。かなり忙しい仕事だったようである。村の向上につくさねばならない。それに、いろいろな意見の人があり、利害の調整をはからなければならない。どなることもあったし、人情に訴えることもあったし、理解を求めて人びとを説得したこともあった。東奔西走の連続だった。

以前から指揮していた小川用水の工事は、やっと完成した。これは村のために役立った。稲がそれだけ多く作れ、村民の収入がふえるわけである。

この年末、喜三太は菊多・磐前・磐城の三郡町村組合会議員という役にも選ばれた。錦村だけでなく、より広い地域の政治に関係するようになったのだ。

3

百円の金ができた。母は涙を流しながら見送ってくれた。佐吉は上京し、夜学の東京商業学校に学んだ。将来、商売の道で成功したかったのである。いろいろな学校の規則書を取り寄せて、検討してみた。なるべく短期間で卒業でき、出たらすぐ役に立つ学校。そして、各分野に顔のひろいすぐれた先生のいる学校。そんな観点からこの学校を選んだのだ。高橋健三《たかはしたけぞう》という法律学者が校長で、その下に講師として有名な人たちがそろっていて、評判がよかった。東京商業の講義録は、高等商業の生徒たちも買って読んだ。

佐吉は家からの送金が充分でなかったので、ほとんど苦学といっていいほどの学生生活を送った。

郷里を出発するところなどは、絵になる光景である。男子こころざしを立てて郷関を出る、学もし成らずんば、死すとも帰らず。立志伝のスタートとしてふさわしい。そして、東京での生活も楽でなかったにちがいない。

しかし、ふしぎなことに、それ以上のことは不明なのである。いつ入学したのかも、どう苦学したのかもわからない。普通、十代の後半の人生は、思い出ふかいもののはずである。それなのに、資料の上では空白状態なのである。このころの追憶談が残っていないのだ。

父の存命中に聞いておけばよかったと後悔しているが、もはや手おくれ。しかし、このままではものたりない。どこから手をつけたものだろう。百科辞典をひいてみる。一橋大学の項である。

明治八年、外交官で教育家の森有礼《ありのり》が尾張町（銀座）に私立の商法講習所を作り、これが日本の商業教育のはじめとなる。同校は翌年、木挽町《こびきちょう》（東銀座）に移転し、東京府立となり、十七年に農商務省の管轄《かんかつ》となり東京商業学校と改称、まもなく文部省の直轄となる。明治二十年に高等商業学校と改称。さらに、大正九年に東京商科大学となり、昭和二十四年、一橋大学となる。

これに付属した学校なのだろうか。そのようでもあり、ちがうようでもある。困っていると、たまたま教育史を専攻なさっている寺崎昌男さんと知りあう機会があり、この疑問をおたずねしたら、調べて教えて下さった。

名は似ているが、東京商業は、高等商業とはまったく別な学校なのである。

政府の発行する新聞である官報。その明治二十一年の外報欄に「英国の商業教育」と「商業学校」という翻訳記事がのった。発行人である官報局長の高橋健三がこれを読み、部下の課長、浜田健次郎、高等商業の教授である土子金四郎らと相談し、私立の新しい学校を作った。それが東京商業である。

中産階級以下の商家の子弟や店員を対象とし、わかりやすい商業教育をほどこすことを目的とした。そのため、仲買店の多い日本橋の蠣殻町《かきがらちょう》に作り、昼間働いたあと学べるようにと、最初から夜間教育を看板とした。当時このような学校はなく、珍しい存在として、明治二十二年の二月に開校された。

予科一年に本科が二年、明治二十五年に予科がなくなり、本科のみの三年制となった。いずれにせよ、三年で卒業である。

この学校には、もうひとつ特色があった。当時、普通の官立学校は九月入学、七月卒業という制度だったが、東京商業は四月入学、三月卒業だったのだ。

かくして創立されたわけだが、予期に反し、商店の店員などの入学者がまったくなく、普通の学校にしたほうがいいと、創立の翌年の明治二十三年、場所を神田の錦町に移した。学校と書店の多い地区である。つまり、夜間教育の中等の商業学校だったのである。学科目はつぎのようなものだった。

〈予科〉和漢文、作文、習字、日本歴史、日本および世界の地理、英語、算術、簿記学初歩、経済学初歩。

〈本科一年〉商業史、商業地理、商業道徳、統計学、英文和訳、英作文、英会話。

〈本科二年〉経済学史、英語、商法、その他である。

校長の高橋健三は官報局長であると同時に、高等商業で講師として海商法を教えていた。そんな関係で、官立の高等商業の教授たちが兼任で教えることも多く、別個な学校ではあったが人的なつながりは深かったのである。

また、夜間授業ということで、東京大学、東京専門学校（のちの早稲田大学）の若手の教授たちが副業として講師に来るので、豪華な顔ぶれが並んだ。講義の内容を印刷した講義録が評判になり、広く読まれた理由がここにある。

寺崎さんは手紙の末尾を「卒業生名簿の第五回（明治二十七年三月）の卒業生のところに、アイウエオ順の三十七番目、福島県出身として、あなたの父上の名がありました」と結んでいる。一学年が四十名だったと思われる。

佐吉がこの学校を出たことはたしかである。しかし、いつ入ったのだろう。郷里を出発したのは、いつなのだろう。卒業の三年前とすれば、明治二十四年ということになるが。

などと考えながら、江栗へ調査に出かけた時、星喜一郎のあとをついだ喜一さんから借りてきた、大正時代のパンフレットをめくってみた。こんなのをのぞいても、なんの役にも立たないのだが……。

すると、一通の古い手紙がページのあいだから出てきた。

差出人は横浜野毛町一丁目、鶴屋《つるや》方、星佐吉とある。あて名は石城国菊多郡江栗村、星喜三太様とある。すなわち、父への手紙である。消印をみると武蔵《むさし》横浜、二十一年十月二十六日とある。

この時、佐吉は横浜にいたのだ。想像していたより、ずっと早い時期である。明治二十一年というと、満十四歳である。毛筆の手紙。書きなれているらしいが、まだ幼さの残る文字である。まさに貴重な資料。時をさかのぼり、佐吉にじかに触れることができたのだ。現代文になおして要約すると、こんな内容である。

前の手紙で書き残しましたが、ここ鶴屋の亭主のことです。聞くところによると、湯川というここの亭主は、士族で県庁づとめをしたなど、でたらめで、娼妓屋《しょうぎ》の番頭をしていた人物で、かなりの悪評です。こんなところにいると、とんでもないことになります。

また、松岡先生の門下となって勉強しているわけですが、同宿している平井君に聞きただしたところ、この先生も勢多楼《せたろう》という娼妓屋の婿《むこ》にて、やはり湯川と同様の人物です。この二人が小生をだましているようです。

湯川は他の者を三円七十銭の下宿代にしておきながら、小生には、特別に安くしているなど言って、四円三十銭の下宿代を取っている。金銭をだまし取られているわけで、いやな気分です。一日もここにいたくありません。松岡先生のところは昨日でやめてしまいました。異人屋敷にある横浜英和学校に入学したいのです。至急、金七円を送って下さい。この学校は外国人が教員です。

二伸
二十三日の手紙でおたずねの人のことですが、先日、窪田の塾に学んだ滝村の授業生だったという人に会いました。きっと、その人のことでしょう。先月の二十日ごろ東京へ来て、明治法律学校へ入学した人です。

小生は健康です。母上様によろしく、ご心配下さらぬようお話し下さい。

星　佐吉　拝

喜三太様

湯川という人の経営する鶴屋に下宿し、松岡という人に教えを受けているのだが、それへの不満をのべているのだ。

外国文化と直接にふれあう地、横浜である。地方から出てきた十四歳の佐吉の目には、なにもかも新鮮にうつったにちがいない。しかし、そこには怪しげな人物も、かなりいたようである。若い潔癖感がにじみ出ている。おそらく、この地へ来てまもなくの手紙だろう。

とにかく、佐吉は明治二十一年の秋、横浜にいたのである。東京商業はまだ創立されていなかった。七円の金を送って下さいと、たのんでいる。百円をまとめて持って上京したのではなかったようだ。

その七円はとどいたのだろうか。そして、横浜英和学校に入れたのだろうか。たしかめようがない。

いずれにせよ、まだ少年である。いかに希望に燃え、忍耐づよく、努力をおしまぬ性格とはいえ、仕事の経験といえば、農業と小学校の教員だけである。藍や蚕の売買を手伝ったことがあったかもしれないが、たいしたことはなかったはずだ。ひとりで知りあいもない都会へ出て、金をかせぎ、生活し、さらに勉学するなど、不可能にちかい。佐吉は計画をたててからとりかかるのが好きな性格のはずである。これはどうなっているのだろう。

なぞに直面したような気分で、あれこれ考えているうちに、しぜんと浮かびあがってくるものがあった。

父の喜三太の配慮である。手紙のなかにも、父への甘えが感じられる。

喜三太はいち早く文明開化にめざめた人であり、村の役職にもつき、商才もあり、いくらかの金銭的な余裕もある。これまでに何回か上京したことがあったにちがいない。いわきから東京は、そう遠い距離でない。鉄道の東北本線も、ところどころ開通していた。それを利用すれば、日数もかからない。見物をかねた商用で、東京を訪れ、知人もできていただろう。汽車を利用すれば、横浜まで足を伸ばすのは簡単だ。泉藩士のなかには江戸屋敷につとめた者もあり、維新後そのまま東京でなにかをはじめた者もいる。いわき地方から、東京で一旗あげようと移っていった者もあったろう。

そういう人たちへの紹介状を、何通か佐吉に持たせたにちがいない。

「百円というまとまった金を持っていると、だまされて取られることもある。お金はあずかっておいて、必要なたびに送金してやる」

という注意もしただろう。東京で勉強したいという、佐吉の希望をみとめ、それを許したのだ。きめたからには、いい結果になるよう、とりはからわなければならない。父親とは、そういうものなのだ。

喜三太は仕事で上京するたびに、佐吉の下宿へ寄り、ようすをたずね、困ったことがあったらだれそれのところへ相談に行けなど、指示を与えただろう。こうして、佐吉は都会での生活にしだいになれてゆく。夏休みや年末年始には、帰郷したにちがいない。

佐吉の成長ぶりを見るたびに、喜三太は目を細めたことだろう。学問とは大切なものであり、それには費用がかかる。それのわからない喜三太ではない。道を誤りそうなら家へ引き戻しただろうが、佐吉は父の期待どおりにやっている。

むすこというものは、そばにいるときびしくしつけたくなるが、遠くに勉強に出すと、逆に心配のたねになる。この時期、佐吉は父の愛情をあらためて感じたにちがいない。

佐吉は各所の塾へ入り、基礎的な学問を身につけた。旧式の小学校で四年、塾に一年、教員養成所で半年。それが今までに習ったすべてである。東京で進学するには、もっと学力をつけねばならない。毎月の送金によって、それが可能になった。百円が限度など言っていられない。

たぶんこんなところだったろうと想像される。あまりドラマチックではない。したがって、省略されてしまうのである。本人もあまり話したがらない。

いろいろな人の伝記を読むと、主人公の母親はいつもあざやかに描かれ、ほめたたえられている。しかし、父親となると、かすんだ形になってしまっている。それは、当人が父親のことをあまり他人に語らなかったからであろう。

女が自分の父をひと前でほめるのはおかしくない。また、男が自分の母親をほめるのもいい。いずれも感じのいいことですらある。しかし、男が自分の父について、いかに偉大であったか、いかに恩を受けたか、それをしゃべるのは、おかしなことなのである。

この本を書こうとしたとき、私は喜三太についてなんの知識も持ちあわせていなかった。

最初に記した父に関する資料の三冊の本のなかに、ほとんど出てこないのである。

だから、平凡な一生を送った人だったのかなと思っていた。じつをいうと、父の父について考えたこともなかった。私は東京うまれの東京そだちということもあり、父の死後、その仕事のあとしまつに疲れはてたということもあり、いわき地方にほとんど行っていなかったのだ。

しかし、この調査のために、久しぶりに出かけてみて、いろいろなことを知った。親類の星喜一、星友太郎、鈴木一平、駒木根忠敬、そのほか多くの人から、喜三太についてのエピソードを聞くことができた。そして、なかなか興味ある人物だったことがわかった。

豪放な人だった。気骨のある人だった。気むずかしいところはあったが、よく気のつく人だった。進んだ考えの人だった。活動的な人だった。商才があった。話す人が親類というせいもあろうが、好意的なものばかりだった。

「よその村から星家にむこに来て、もとからの有力者を押えて村長になった。それだけの政治力があったからで、普通ではありえないことです」

「うまれるのがもう少しおそく、活躍の舞台に恵まれたなら、もっと広く名をひびかせたにちがいない」

などということも聞いた。

男は自分の父親のよさを語らない。私の父も喜三太について、ほとんど他人に話していない。話題にしても「うるさいおやじでしてね」ぐらいしか言わなかったろう。父親とは地味な存在である。裏方としての立場に満足しなければならない。いや、それで満足なのである。心の底でつながっている。なにごとも、むすこのためにつくす。きびしくしつけもするが、必要となると、できうる限りの力も貸すのである。

私は祖父の星喜三太なる人物の存在を知り、それへの興味でここまで書いてきたといってもいい。

しかし、しだいに筆が進まなくなってきた。なぜなのか、われながらふしぎだった。しかし、やがて気がついた。自分の父親を語るという、タブーをおかしているのである。まったく書きにくい。

といって、いまさらやめるわけにもいかない。私は自分に言いきかせる。この主人公は他人なのだ。私がうまれてからあとは、たしかに父であろう。しかし、うまれるはるか前のことである。他人あつかいしていいのだ、と。

また、喜三太のためにも、書きつづけなければならない。喜三太にとって佐吉とは、心をこめて育てた苗なのである。その苗をいま、東京に移植した。どう生長してゆくだろうか。

4

政府は明治十四年の勅語で、二十三年に国会を開く約束をしている。それには憲法を制定しなければならない。多くの人によって論議されていたが、その成文化にはときの枢密院《すうみついん》議長、伊藤博文《いとうひろぶみ》が心血をそそいだ。

かくして、明治二十二年の二月十一日、憲法が発布された。日本も近代国家としての形をととのえたのである。全国でお祝いがなされたが、東京でのそれは、一段とにぎやかだった。各所で号砲がひびき、寺は鐘を鳴らし、町では太鼓がたたかれた。どの家も国旗をかかげ、提灯《ちょうちん》行列もおこなわれた。

佐吉はそれを見て、郷里では喜三太が村長として祝典をやっているのだろうなと思ったにちがいない。

この年、新橋・神戸間が東海道線で結ばれ、直通の汽車が走るようになった。また、東京では帝国博物館、歌舞伎座《かぶきざ》などが完成した。

翌二十三年、五月、勧業博覧会が開かれ、入場者は電車の走るのを見ることができた。

そして、七月一日。第一回の衆議院の選挙がおこなわれた。いわき地方は福島県第五区・定員一名で、三郡長をつとめた白井遠平が当選した。彼は自由民権派でなく、政府との協調を主張する派であった。

この年、東京では電話が普及しはじめ、その線は横浜までのびた。帝国ホテルが営業をはじめた。浅草には凌雲閣《りょううんかく》という、十二階建ての建物ができた。電気のエレベーターであがるのである。

明治二十四年、神田の丘の上にニコライ堂ができた。

佐吉が東京商業に入ったのは、この年のようである。十七歳。上京して二年半たっている。父に相談し、その上できめたことだろう。月謝は一円。

食事つきで下宿代が約四円。毎月七円ぐらいの送金があったわけだろう。しかし、都会にいると、なにかと金を使いたくなる。最初のうちは充分だった金額も、やがて不足がちになる。佐吉が遊びにおぼれるのを心配してか、喜三太も余分な金は送らない。苦学生というような気分になるのである。

なぜ夜間の学校をえらんだのかふしぎだが、すぐれた講師たちの講義を安く受けられるという点に魅力を感じたのだろう。和田垣謙三、下村孝太郎、のちに台湾総督になった内田嘉吉など、一流の人がそろっていた。

校長であり講義もする高橋健三が、これまたすぐれた人物だった。この年、三十六歳。大学南校（東大の前身）に学び、文部省に入ってから官報局に移り、明治二十二年に局長となった。

その翌年、フランスへ出張し、輪転機を購入してきた。国会が開設されると、その議事録を官報にのせて発行しなければならない。それにそなえてである。高橋はこの時、朝日新聞社のためにも、輪転機の購入の世話をした。村山社長と親しかったのである。

森銑三《せんぞう》という人が、その著『明治人物百話』のなかで、高橋健三について「かくまで高潔な人格者がよくもいたものだという感にうたれる」と書いている。高い識見を持ち、病弱な身ではあったが、立派な人格者だった。官報局長をやりながら、東京商業を運営し、教え、後進をみちびいていたのである。

佐吉は心服し、生徒の数もそう多くないこともあり、高橋もまた佐吉に目をかけてくれた。人生でめぐりあった、よき師である。自宅を訪れると、こころよく話し相手になってくれる。夫人は江戸っ子肌の一中節《いっちゅうぶし》の師匠、夫より十八歳も年長だが、なかなかの賢夫人で、若い者の面倒をよくみる人だった。

佐吉は勉強にはげんだが、時には義太夫などを聞きに行くこともあった。娘義太夫が人気を呼んでいた時期で、そんなたぐいが青年たちの娯楽だった。たびたび行くと、金がたりなくなる。

「車夫をやると金になるそうだ」

という話を友人から聞いた。人力車を引くのである。このころの人力車はゴム製のタイヤができる以前で、鉄の車輪、走るとから から音がひびくという型のものだった。まだ若く、体力には自信がある。佐吉はそれを何日かつづけた。夜学だから、昼間、働けるのである。

ある日、午後の四時ごろ、車のそばにしゃがんで客を待っていると、巡査があらわれて言った。

「鑑札を見せろ」

どこそこの車屋の者ですと答えればよかったのだが、つい口から出てしまった。

「本当は学生です」

そのとたん逮捕され、下谷署に引っぱっていかれ、刑事部屋でふんだりけったりの目にあわされた。明治二十五年の一月のことであった。

明治二十年に内務大臣山県有朋《やまがたありとも》によって、自由民権論者を弾圧するための、保安条例なるものが作られた。

そして、二十二年に憲法が発布されて、翌年第一回の選挙がなされると、自由党員が大量に当選した。政府はその対策に困り、議会を解散し、松方首相は品川内務大臣とはかり、枢密院議長伊藤博文の反対を押し切って、自由党員を落選させようと権力を乱用した。その保安条例を適用したのである。反政府派は、不穏分子とされ、つかまえられる。佐吉もそう見られてしまったのである。

まちがいとわかって釈放されたが、不運もいいところ。権力の横暴さを身にしみて味わわされた。

金になるのには、立ちん棒という仕事もあった。九段のような坂の下に立っていて、人や人力車や荷車が来ると、あとを押してやる。押されたほうはそのままというわけにもいかず、五厘《りん》か一銭を渡す。しかし、これはていさいのいい乞食《こじき》で、ちょっとやる気になれなかった。

金持ちの家に住みこみ、走り使い、主人の身辺のせわ、守衛がわりといった、女にできない仕事をしながら勉強する。それを書生という。時には主人に代って慶弔のあいさつにも出かける。宿泊料いらずでなかなかいい地位なのだが、佐吉はそれにはありつけなかったようだ。

明治二十五年の年末ちかくのころ、高橋健三が官報局長をやめた。政府発行の官報でなく、民間の新聞で活躍したかったのである。その人格と識見はみとめられており、輪転機購入のいきさつもあり、大阪朝日新聞が主筆兼編集顧問として彼を迎えた。となると、東京商業の校長もやめなくてはならなくなる。

二年生の佐吉は高橋の家にあいさつに行った。

「先生には学問を教えていただいたばかりか、個人的にも相談にのっていただいたりし、いろいろとお世話になりました。これからもお元気で……」

「きみは経済関係の学科の成績は、いつも九十点以上。悪くないぞ。その方面の仕事に進みたいのか」

「ええ、興味がわいてまいりました」

「しかし、そのほかはあまりいい点じゃないな。秀才でもないし、とくに要領がいいとも思えない。その、不器用なりに、ものごとに熱心に取り組むところが感心だ。将来が楽しみだよ」

「たしかに、わたしは努力しております。しかし、世の中には頭のいい人がたくさんいます。立派に成功してみせると決心して郷里を出てきたのですが、時どき大丈夫なのかと心配になります」

「気にすることはない。『西国立志編』にもそんな例が多いじゃないか」

「なんですか、その『西国立志編』というのは」

「まだ読んでなかったのか。うちになかったかな」

夫人が出てきて答えた。

「そろってたはずなんですけど、学生さんが借りていってそのままになったりして……」

「仕方がないな。お別れのしるしだ、一冊あげよう。なかなかいいことが書いてあるよ。できたら、最初から通読するといい」

「ありがとうございます。これを先生と思って大事にします」

ありきたりのお礼を言ってもらった本だった。下宿に帰ってランプの光でページをめくってみると、興味ぶかい外国人のエピソードがのっている。面白そうだ。高橋先生もああ言われたことだし、全部を読んでみるだけのことはありそうだ。

佐吉は友人たちに聞きまわり、その本をそろえて持っている人から借りてきた。そして、何日かかけて通読したのである。木版ずりの和とじの本で、十一冊より成っている。

読みはじめたらやめられず、胸のときめきは高まり、読み終った時は呆然《ぼうぜん》となった。

「いい本を教えていただいた。文明とはこういうものだったのか。成功とはこういうものの上に築かれるものだったのか……」

新しい世界が目の前に開けたような気分だった。また、これまでばくぜんと考えていたことに、強い裏付けがなされたような感じでもあった。それ以来『西国立志編』は佐吉の座右の書となる。いや、もっと身近なもの。人生の指針、人生そのものとなってしまうのだった。

『西国立志編』の最初の部分を永井潜の現代語訳を参照し、少し要約引用してみる。


一国の価値は、つまるところ、それを構成している個人の価値にほかならない。

——ジョン・スチュワート・ミル——

吾人は制度を信頼することあまりに多く、人間を考察すること、あまりにも少い。

——ベンジャミン・フランクリン——

「天は自ら助くるものを助く」という格言のなかには、限りない人間の体験の結果がおさまっている。自助の精神こそ、個人の発達の根本であり、その結果が国家の活力の源泉となるのである。外部からの助けは、人を弱くさせる。

政治は国民の個性の反映である。人びとの水準が高まらない限り、国はよくならない。政府や指導者にたよってはならない。自立する精神が最も大切である。

歴史上、人類の進歩につくした人物は、数多くいる。しかし、それは特別な人たちではないのである。貴族や金持ちがそれをなしとげたのではない。人間は平等である。むしろ、低い身分、貧しい家からすぐれた人材の出ることが多い。

シェークスピアは貧しい家に生れたが、小学校の助教、代書の手伝いなどをしながら劇作家になり、人びとの品性の向上に貢献した。

はじめて地動説をとなえた天文学者コペルニクスは、パン屋のむすこである。地動説を発展させ、惑星の運動法則を発見したケプラーは、居酒屋の子である。それに触発されて万有引力の学説を完成させたニュートンは、貧しい農民の子である。

労働と科学とは、こんご世界の主人となるだろう。

階級の低い人たちの発明によって、英国の富の大部分が築かれた。それを除外したら、あとにはほとんど残らない。

ジェームズ・ワットはスコットランドの大工の子。うまれつきの天才ではなかったが、勤勉とくふうと熟練とによって、蒸気機関の実用化に成功した。

それを活用し、紡績工業を育てあげたのは、リチャード・アークライトである。理髪師だったが、独立して毛髪を買ってカツラを作る商売をはじめ、さらに興味の対象を毛髪から繊維に移し、紡績機械を作りあげた。最初は馬で機械を動かしたが、水力利用に変え、さらに蒸気機関と組合せることにより、さまざまな困難と戦いながらも、産業革命を推し進めた。

ジョージ・スチーブンソンは炭坑夫の子だった。父とともに働きながら、石炭を運ぶトロッコにワットの蒸気機関をとりつけたらと思いつき、蒸気機関車を作りあげた。交通革命のはじまりである。

蒸気機関は船にもとりつけられ、また、製粉、印刷、造幣、製鋼など、あらゆる分野に応用され、工業が発達し、交通が便利になり、みなの生活が向上した……。

この『西国立志編』は原題 Self-Help、イギリス人のサミュエル・スマイルズによって書かれた。彼は父に早く死なれ、苦学し、鉄道会社につとめるようになった。北の小さな町である。そこの青年たちの会合で、彼は定期的に修養の話をするようになった。それを本にまとめたのがこれである。一八六七年（慶応三年）に出版された。

科学や産業だけでなく、宗教、政治、芸術、探険など、さまざまな分野の人をとりあげている。貧しい家にうまれながらも、勤勉、忍耐、努力、くふう、注意、不屈の心などによって、困難を克服し、成功をかちえた人たちの物語を紹介している。そして、格言や名言を引用し、個人の向上も国の発展も、もとはそこにあるのだと主張している。わかりやすく具体的で、人間味あふれるエピソードのため、親しみやすい読み物となっている。

話は少しさかのぼるが、徳川幕府は日本の開国にそなえ、人材を外国に派遣して学ばせるということをおこなった。文久元年（一八六一）には福沢諭吉たち、文久二年には榎本武揚たちを、それぞれヨーロッパに学ばせた。

そして、慶応二年（一八六六）にも留学生をイギリスに送った。そのなかに、下級旗本の中村正直《まさなお》という人がいた。少年の時に医師の家で蘭学《らんがく》の本を見て興味を持ち、その勉強に熱中したのである。この年、三十六歳。

留学は一年半。この留学中に Self-Help が出版されたのである。帰朝の時、あるイギリス人が、みやげにとこの本をくれた。

「国をさかんにするのは、民の力による。これは役に立つ本だよ」

中村は帰国の船中、この本に読みふけり、見聞した西洋文明は、このようにして築かれたものだったのかと、感嘆した。

日本に戻ると幕府は崩壊していた。中村はひたすらこの翻訳を進めた。そして、明治四年『西国立志編・原名自助論』と題して訳書が刊行されるに至った。たちまち評判になり、刷りと製本がまにあわないほどだった。

彌爾《ミル》曰《いわ》ク一国ノ貴《トウ》トマルルトコロノ位価《アタヒ》ハ、ソノ人民ノ貴トマルルモノノ合弁《ヒトツニマトマル》シタル位価《アタヒ》ナリ。

といった文体であった。

その前年の慶応三年に、福沢諭吉によって『西洋事情』という本が刊行され、外国の紹介がなされていた。また、科学の参考書、政治の原則論などの訳書も出ていた。しかし『西国立志編』は人物と事例をあげての説明なので、血のかよった内容が読む者を引きつける。それだけに説得力があり、文明は魔法でなく、人間の努力によって合理的に築きあげられたものであることを教えてくれる。

新鮮であり、夢とロマンがあり、血をわきたたせるものがある。大きく宣伝したわけでもなかったが、この本のことは口から口へと伝えられ、人びとに読まれた。そして、日本の多くの若者の心をとらえた。

星佐吉もその一人となったわけである。

ひまがあると読みかえす。『西国立志編』のなかの、各分野で名をあげた人物たちの息づかいが伝わってくる。ああならなければならない。それが日本を向上させるのだ。

「外国へ行って勉強したいなあ」

その思いは前からあったが、一段と強くなってきた。西洋文明にじかに触れてみたいのだ。そして、なにかをつかみとりたい。

行くとなると、アメリカだった。

明治政府は開国以来、ドイツを主にヨーロッパ各地に国の費用で留学生を送り、学問の吸収につとめている。しかし、それは東京大学を優秀な成績で出た者に限られていて、帰国後は大学の教授か政府の官職につくことになっている。私費で留学することもできるが、それは月に六十円以上の金の準備のある者しか許されない。国の体面をけがされては困るからだ。それ以外となると、軍人としての留学である。いずれも佐吉にはできない方法だった。働きながら学ぶとなると、アメリカしかなかった。

アメリカで勉強し、実業家になろう。

東京商業での成績も、経済関係の課目はいい点なのだ。商売の道に進みたい気になっていた。自分でもその方面にむいているように思える。教授や役人は、ヨーロッパ帰りの人たちで占められている。そこに割り込んでみても、腕のふるいようがないだろう。しかし、事業となると、才能と努力でいくらでも活躍できるにちがいない。

まるで金を持たず、貨物船の船倉にもぐって渡米し、働きながら大学を卒業して帰国した人の話などが新聞にのったりした。それが野心ある若い学生たちの心を刺激した時代なのである。渡米の夢をいだいているのは、佐吉だけではなかった。学生の街である神田には、英語を教える塾がいくつもあった。

アメリカ留学の熱にうかされている佐吉だが、無計画な性格ではなかった。運を天にまかせて飛び出していったのでは、うまくいかないにきまっている。慎重な計画が大事なことは『西国立志編』のなかでも、各所に書かれている。佐吉はアメリカに関する本を読んだり、行って帰ってきた人をたずねたりし、現地の事情を頭に入れるようつとめた。

明治二十六年の春休み。佐吉は東京商業の二年を修了した。休みを利用し、郷里へ帰った。

そして、父母に渡米の希望をうちあけた。はたして父の喜三太が許してくれるだろうか。東京へ出る時は母が口ぞえしてくれたが、アメリカとなると不安がり、賛成してくれないかもしれない。

いささか心配だったが、だまっていては道は開けない。佐吉は話した。ずっと英語を勉強してきたこと。アメリカでの生活をいろいろと研究し調べたこと。働きながら勉強することが可能なこと。そして、なにかを身につけ、帰国して事業をやりたいこと。行ったきりになり、だめになった人も多いようだが、自分は必ずやりとげる決心であること。

「わかった」

喜三太がうなずいた。いいかげんな気分で言っているのではないようだ。いろいろと自分なりに検討もしている。学ぶことが好きらしい。東京での生活で、しっかりした人間になったようだ。もう子供ではない。望みどおりにやらせてみよう。

この時、佐吉は満十九歳。喜三太はさらに言う。

「ところで、どうだ。おまえも成人したのだから、名を変えたらどうだ」

「ぜひともとおっしゃるのでしたら。で、どんな名に……」

へたに反対し、せっかくの許可を取り消されたら大変と思いながら、佐吉は聞いた。

「一《はじめ》という名だ」

喜三太は紙に書いてみせた。佐吉とは喜三太の少年時代の名である。そろそろ、それから解放してやろうと思ったのである。もう一人前なのだ。子供あつかいはやめ、やりたいようにやらせてみよう。

佐吉の成長ぶりを観察していた喜三太は、いずれ渡米を言いだすのではないかと予想していた。だから、反対はしなかった。もしかしたら、アメリカでなにかをつかんで帰り、自分よりもえらくなるかもしれない。

喜三太は村会議員であり、村長にも推されている。すでに国会も開かれている。これからの世は、投票による選挙で政治がきまるのだ。喜三太は選挙にたずさわってみて、むずかしい名で損をしている人のあることを知っていた。教育が普及しつつあるとはいえ、まだ字の書けない人も多いのだ。しかし「一」なら、だれにも書ける。

佐吉を改名させるに関し、喜三太は最も簡単な字を選んだ。自分のあとをついで、政治的に活躍してほしいという期待のあらわれでもある。

意外にものわかりよく父が許可してくれたので、この春休みは佐吉にとって楽しいものとなった。

「アメリカに柿《かき》はないらしい。日本から苗を持っていって、むこうで育て、産業にしあげることができるかもしれない」

などと近所の人に話したりした。夢はそばにひろがる太平洋のかなたに飛んでいる。この錦村の一帯には柿の木が多く、だれも好んで食べている。アメリカから学ぶだけでなく、むこうにもなにかをもたらしたい。そんな大きな気分にもなるのだった。

喜三太は言う。

「あと一年、よく勉強するんだな。渡米するとなると、金もいるだろう。わたしもかせがないとならないな」

「ありがとうございます」

これから一年、迷うことなく勉強にうちこめる。あこがれは現実のものとなりつつあるのだ。

改名は勝手にしてはいけないということになっていたが、喜三太は村長であり、その手続きはなんとかなった。戸籍上では、五月十九日に改名となっている。

ふたたび東京。いまは佐吉でなく、星一《はじめ》である。一では数字とまぎらわしいので、以下、星と記すことにする。

アメリカへ行くのが具体化しはじめると、英語の重要さが現実のものとなる。昼間の時間を利用し、神田三崎町にある吉川巌という人の塾にかよって、語学力を高めるようつとめた。

また、むこうへ行って働きながら学ぶとなると、からだをきたえておかなくてはならない。そう思い、水道橋の講道館にかよって、柔道を習った。なにかの際には、自分で身を守らなければならない。天は自ら助くる者を助くである。

さらに、ただむこうで学ぶだけでなく、わが国の紹介もしたい。なにかひとつ日本特有の技芸をおぼえていったほうがいいだろうと考えた。最も短期間で身につくものはないかと選んだのが、生花《いけばな》だった。農家のうまれなので、植物に親しみを持っている。生花の先生には、三カ月ほどかよった。

心身ともに充実してくる。

こんなエピソードもある。

当時、洋服を着るのは上級の役人ぐらいで、ほとんどの人は和服だった。余裕のある男は羽織に金をかけ、羽織のひもに高級なのを用いていい気になっていた。それを見て星は思いついた。金がないから、アイデアでいこう。下宿の女主人に、安い糸でいいからうんと長い羽織のひもを作ってくれとたのんだ。それができ、星は羽織にとりつけた。むやみと長いのである。奇異だが、しゃれた感じがしないでもなかった。

学校へ着てゆくと、それが話題になり、級友のなかには、まねをするものがあらわれ、ふえていった。やがて長さをきそいあうようになり、先のほうを結んでひとひねりし、首にひっかけるというのまででてきた。

ちょっとした流行になり、星はいい気分だった。子供の時は子分をしたがえたがき大将だったが、あれは力によるもの。いまのこれは、頭によるものだ。自分のまねをする者が、こんなにできた。

その年の晩秋、星の下宿に平の授業生養成所でいっしょだった男がたずねてきた。上京して学んでいるという。なつかしがって話しあっているうちに、二人で成田山へ参詣《さんけい》しようということになった。東京・成田間には馬車が開通していたが、星は言った。

「徒歩でおまいりしよう。旅費は十五銭、それ以上は持っていかないことにしよう」

そういうのが好きなのだった。当日、星は紺がすりの着物に、わらじばき、竹の杖《つえ》を手にして、本所にあるその男の下宿をたずねた。すると、

「よく考えたら、えらい旅だぜ。やめようよ」

「しようがないやつだな。ぼくは、きめたら実行する主義なんだ。じゃあ、ひとりで行ってくるよ」

歩きはじめ、市川、船橋、習志野と、秋の景色を眺めながら道をたどる。佐倉まで来た時、夕方になった。宿屋をみつける。

「十五銭しか持っていません。朝飯ぬきでいいから十銭でとめてくれませんか」

「十二銭ぐらいにならおまけできますが」

ことわられてしまった。とりあえず、空腹をなんとかしなければならない。一銭五厘《りん》で鍋焼《なべや》きうどんを食べながら考えた。よし、こうなったら歩きつづけよう。成田をめざす。しかし、朝からの疲れも出てきた。うどん一杯では、すぐに腹もへってくる。それに夜の冷えこみがすごい。ひと休みしようと、田のそばにあるワラの山にもぐりこんだ。とりいれのあとなので、それがほうぼうにあったのだ。

たちまち眠ってしまう。そのうち、足のつめたさで目がさめた。たんぼの水たまりに、いつのまにか足がつかっている。夜中の三時ぐらいか、あたりはまっくら。寒さをなんとかするには、歩く以外にない。

道をたどると、たき火をしている者がある。いまごろなんだろう。泥棒かもしれないが、この寒さはどうにもならない。いざとなれば全財産を渡せばすむことだ。

「あたらせて下さい」

すると、相手のほうが腰を抜かした。乞食《こじき》だったのである。こんな時刻に、杖を持った若者が不意に飛び出してきたのだ。

わけがわかると、あたらせてくれた。話し相手になりながらあたたまり、また歩き出す。すぐ寒くなる。走ると、空腹なのですぐ疲れる。

やっと灯のもれている農家をみつけた。なかをのぞくと、いろりのそばで男がわらじを作っている。

「ごめん下さい。ちょっと火にあたらせて下さい」

「だめだ。知らない人を入れるわけにはいかない」

相手は警戒している。こうなったら、恥も外聞もない。星はあわれな声を出した。

「悪者のたぐいではありません。うそだと思ったら、なかからのぞいてみて下さい」

「だめだね」

しかし、ねばっていると、おかみさんが寝床のなかからとりなしてくれた。

「かわいそうになってきたよ。入れてあげなさいよ」

やっと戸があけられ、あたたかさにありつくことができた。出されたお湯を飲み、空腹をごまかし、お礼を告げてそこを出る。

六時ごろ成田の町についたが、朝の寒さは一段ときびしい。開いている店といえば、床屋が一軒だけ。事情を話してなかに入れてもらったが、小さな火鉢で、いっこうにあたたまらない。

やがて、お寺の鐘が鳴りはじめた。朝の勤行《ごんぎょう》の合図で、町の信者たちが本堂に集って、坊さんといっしょにお経をあげるのである。なにかあるだろうと行ってみると、玄関のところで惜しげもなく炭火がたかれていた。それにあたらせてもらう。お経がはじまると、みなそれに行き、星ひとりになった。たびやわらじを乾かし、いい気分でひと眠り。

それから参詣をし、一銭をおさめてお札《ふだ》をいただき、飲食店に入ってやっと充分な食事をとり、帰途についた。下宿に戻ったのは、夜おそくであった。

寒さにたたられた、ひどい旅だった。とりやめた友人の方が賢明だったといえた。しかし、やりとげた星には満足感が残った。がんばれば目的は達成できるのだという、自信がついた。

星は社交的なほうだった。友人もしだいにふえてゆく。英語の塾にかよっている時、そこで安田作也という、同じくらいのとしの青年と知りあい、親しくなった。安田も星と同じくアメリカ行きの志をいだき、ここで学んでいるのだった。

安田は福岡県のうまれで、生活に余裕はなかったが、それを少しも気にかけない豪傑だった。着物は夏冬兼用の一枚きり。冬になると友人の浴衣《ゆかた》を借りて重ね着をしてすごすという状態。火鉢もない三畳ぐらいの部屋に下宿していて、寒いとはだかになり、手ぬぐいでからだをこすって勉強していた。

安田は酒が好きだった。星も喜三太の子で、飲めないほうではない。酒を買ってきて、いっしょに飲むこともあった。しかし、そんな金のあることは、めったにない。二人とも余裕がないので、勉強に熱中する以外にないのだった。

二人はよく、原っぱにねそべり、あこがれのアメリカについて、あれこれ話し合うことが多かった。星は言った。

「多くの人はアメリカに行くと、アメリカ人のようになって帰ってくるが、ぼくはそうならないつもりだよ。むこうの知識のすぐれたものを吸収し、最も優秀な日本人になって帰ってこようと思っている」

それから何日かたち、安田が星に言った。

「ぼくのおじさんに会ってみないか。ぼくは八歳ぐらいの時から、面倒をみてもらっている。きみの話をしたら、興味を持ったようだよ」

連れられていったところは、芝佐久間町の信濃屋《しなのや》という旅館だった。そこを下宿兼事務所がわりに使っているらしい。大柄な体格のいい、三十歳すこし前の男がいた。年齢のわりに貫録があり、陽性な感じの人だった。安田はおじさんと呼んでいるが、叔父甥《おい》というほど近くはなく、親類という関係らしかった。

それが杉山茂丸《しげまる》だった。

5

話は幕末にさかのぼるが、開国を進めようという幕府の方針に反対する「尊皇攘《じよう》夷《い》」という主張があった。天皇を中心にまとまり、外敵をうちはらえというのである。それを最初にとなえたのは、徳川御三家のひとつ、水戸藩。まさかこれが徳川時代を終らせるもととなるとは夢にも思わずに。

西の諸藩のなかで最も早く「尊皇攘夷」に共鳴したのは、福岡藩だった。その支持者も多く出た。藩士の未亡人で出家した野村望東尼《ぼうとうに》もその一人。すぐれた歌人であると同時に、熱心な勤王家であった。その家には長州の高杉晋作《しんさく》、薩摩《さつま》の西郷隆盛などが寄食していた時期があった。自分のところの藩論が一致しないので、藩をはなれてここに身をよせたのである。彼らは望東尼から「尊皇攘夷」の魅力を知らされ、それぞれ帰藩し、この簡潔な主張で藩内をまとめてしまった。外様《とざま》の藩なので、幕府抜きの思考がしやすいのだった。

やがて薩長は手を結び「尊皇攘夷」を叫びながら、武力をもって幕府を倒し、明治維新をなしとげた。

そのかんじんの福岡藩だが、外様なのに藩主が優柔不断であったため、方針が一定せず、勤王、佐幕とぐらつき、そのたびにめぼしい人物が処刑され、維新の流れに乗りおくれてしまった。

薩長系の人たちは、公卿と組んで幕府にかわって政権を手中にした。そして、高杉が若くして死に、西郷が西南の役にやぶれて自刃《じじん》すると、福岡藩についてのいきさつなど思い出しもしなくなった。

福岡藩の者にとっては面白くない。新政府は攘夷の主張を一変して、うやむやのうちに開国してしまった。それどころか、積極的に欧化政策を推進している。筋が通らない、勝手すぎるという不満が高まり、福岡浪人なる一派が発生し、政府に反抗しはじめた。頭山満《とうやまみつる》を中心とする玄洋社が、その団体である。

杉山茂丸は福岡藩士の漢学者の長男としてうまれた。十五歳の時、彼もこの成り行きをいきどおり、玄洋社の動きに加わった。杉山は漢学にくわしく、武芸にひいで、行動的だった。また頭もよかった。理解力と判断力があったのである。

明治十五年ごろ、杉山はまだ二十歳前であったが、にくむべき薩長閥の元締め、要職にある伊藤博文を暗殺すべく上京した。しかし、なかなか伊藤に近づけない。そこで山岡鉄舟に紹介状を書いてもらった。山岡は勝海舟と西郷隆盛の会見をあっせんし、江戸を戦火から救った人である。

杉山は知らなかったが、紹介状の内容はこんなだったのである。

〈この者は田舎出の正直者だが、なにか政治思想にとりつかれ、憤慨し、閣下をうらんでおります。しかし、将来みこみのある者のようですので、お会いになってご説諭くださるようお願いします。そんなわけで、まず凶器を取り上げてからにして下さい〉

杉山が持って行くと、身体検査をされた。しかし、素手でも相手を殺せる自信があった。そして、面会となる。

伊藤博文があらわれた。尊大なやつにちがいないと思っていたが、期待はずれもいいところ。貧弱な顔つきの小男で、ぱっとしないあごひげをはやしている。大柄な杉山といい対照だった。

杉山は声をはりあげ、いきどおりにみちた質問をつぎつぎとぶつける。しかし、伊藤はあいそよく、その相手になった。それも、ただ口先でごまかすのでなく、いちいち実例をあげ、それ以外に方法がなかったことを理を通して説明した。

さらに、こう言った。

「わたしも幕末には、長州というはずれのほうにいたので、事情を知らずに悲憤慷慨《こうがい》したものです。人生においては、そういうことはよくあるものですよ」

伊藤博文はこの時、四十歳。彼は長州の貧しい家に生れ、からだは丈夫でなかったが、才気にめぐまれていた。吉田松陰に師事し、その刑死のあとは桂《かつら》小五郎（のちの木戸孝允《たかよし》）に従って、激動の世の中に乗り出した。

文久三年（一八六三）井上馨《かおる》らとイギリスに密航するよう、藩から命じられた。外敵の実情を知るためである。伊藤は長崎で英語を学んだことがあり、そのため同行者に選ばれたのである。

上海《シャンハイ》へ着き、港にあるヨーロッパのたくさんの船を見たとたん、井上は弱音をはいた。

「こんなに鉄の船がある。わが国にやってこられたら、攘夷どころではない」

「まだ旅のはじまりですよ。驚くのは、むこうへ行ってからにしましょう」

伊藤は平然としていた。そして、ロンドンで半年間、政治、経済、軍事などを見聞した。そんな経歴のため、明治政府ができると、外交部門を担当させられた。そのご、先輩たちの死亡や没落ということもあり、しだいに昇進し、高い地位にのぼった。

れっきとした武士の出でないため、庶民的であり、ものごとにとらわれることがない。強烈な個性というものはないが、思考が柔軟なので、世界の情勢をよく見ている。権力をふりまわさずに、多くのことをなしとげていた。それに、ユーモアもあった。

伊藤はそんな人物だったのである。杉山茂丸も歯が立たなかった。伊藤はいたずらっぽく笑い、紹介状を見せた。

「山岡君も国を思えばこそ、こう書いてきたのだ。これからは国のためになるようなことをしてくれ」

「はい……」

杉山の人生観は一変した。なるほど、世界のなかの日本という考え方をしなければならない。反政府ひとすじの豪傑たちの集りである玄洋社とは、別個な道を進むことにした。そして、海外貿易に着目し、上海や香港《ホンコン》あたりに出かけて、あれこれ苦労を重ねた。北九州の石炭の輸出をやったのである。英語もいくらか出来るようになった。杉山はアジアの現状をその目で見た。ヨーロッパの強国が中国の利権の入手を争い、各地で東洋人を搾取《さくしゅ》し、悪い風習をひろげている。やがては日本もこうなりかねない。なんとかして防がねばならない。欧米崇拝もだめだが、単純な国粋主義もだめだ。そんな思いで、いろいろな分野の人物と接触し、自分なりの努力をつづけているのだった。

杉山はのちに『俗戦国策』という回顧録を書いた。伊藤との対決はそれにのってい るエピソードである。これをきっかけとし、伊藤とは親しくつきあうようになった。

そういう杉山茂丸だったから、星の「あくまで日本人で、アメリカの知識を持ち帰る」という言葉を安田から聞き、会ってみたい気になったのである。

「わたしは和魂洋才ということを、ずっと主張しつづけている。きみもその考えの持ち主らしいな」

と杉山に言われ、星は相手をどう呼んだものか迷ったが、そばの若者たちが「先生」と呼んでいるので、それに従うことにした。

「先生のおっしゃる通りです」

「どういう人生をめざしている」

「貧しい農家のうまれです。わたしは、そのことを幸運と思っております。将来、偉大な人物になれる保証のようなものだからです。金持ちの家に生れていたら、向上を考えなかったでしょう。人生とは家屋の建築のようなものだと思っています。基礎工事として、いかなることにも耐えられる意志と身体を持とうと思い、そうつとめています。将来、きっと大きなことをやりとげてみせます。その日のことを考え、恥ずべきことをしないよう心がけております」

それは『西国立志編』のなかでのべられていることでもあった。星はかなりの影響をこの本から受けているのだ。

「みどころのある若者だ。これからも時どき遊びに来なさい」

これを機会に、杉山のところへよく出かけることになった。つきあってみると、杉山は興味ある人物だった。陽気であり、話が面白かった。雄大なことをしゃべりまくる。

杉山も金に余裕のある生活ではなかった。まとまった金が入ることもあるが、たいていは弁舌で相手を煙に巻いて借りてきた金で、たちまち国事に使ってしまう。しかし、大言壮語するだけのタイプでなく、人間的な魅力も持っていた。

『俗戦国策』にはこんなエピソードも書かれてある。ある日、杉山は若い者たちに言った。

「きさまらは、おれに普通の労働ができないと思っているのだろうが、そうでないことを見せてやる」

二円を持って出てゆく。鈴と大きなズックの古カバンを買い、尾張町の絵入り朝野新聞社へ行き、一円三十銭で二百枚を仕入れた。

「これがきょうの絵入り朝野新聞、大付録がついて、たったの一銭五厘《りん》」と街でどなって売ろうというのである。ほぼ倍になるはずだ。しかし、午後三時の銀座通りに出たはいいが、その声が出ない。大胆不敵をとりえとしているつもりなのに、それが言えないのだ。仕方なく宿へ帰り、自問自答。こんなことでは、まだまだ人間として不充分である。この新聞が売れないようなら、腹を切って死のう。いささか大げさだが、本人は真剣そのものだった。

ふたたび夕方の街へ戻ったが、やはり声が出ない。裏通りにまわり、大決心をして声をしぼり出す。さいわいそばの窓から女の人が「新聞屋さん」と呼びかけ、買ってくれた。修行をつんでいるつもりでも、この時はもう夢心地「ありがとう」を言い忘れた。

これで声が出るようになり、ぞうりをわらじにはきかえ、大声をあげて走りまわり、つぎつぎに売る。なくなると新聞社に戻り、すりあがった朝刊を三百枚仕入れる。こんどは日本橋にむかい、浅草にいたり、吉原に入る。ここは遊廓《ゆうかく》で夜おそくまで人がおきている。

「あしたの朝刊」

となると、

「こんなに早く朝刊とは、ほんとに便利」

と、かなり売れた。これに味をしめ、つぎの日の夕方は新橋や赤坂の料亭街を走りまわった。新聞社の人がふしぎがる。

「よく売るな。どこで売っているんだ」

「東京中をかけまわってだ」

「からだがもたないぞ。普通どなり売りは、盛り場を少しまわる程度だ」

「肉体と精神をきたえるためにやっているんです」

これを七日間、ぶっつづけにやった。重労働もいいところ。足に豆が九つもでき、それがみなつぶれ、ついに足は棒のごとく感覚がなくなり、宿へ帰ると同時に倒れてしまった。しかし、金を数えてみると、五十円あった。ほぼ一年分の宿泊代に相当する。

「どうだ、この通りだ……」

杉山を先生と呼ぶ若者たちも、これには目を丸くした。身をもってこういうことをやってのけるので、先生ということになってしまうのである。

見習わなければならない。星は安田とともに、その新聞のどなり売りをこころみた。

吉原での最初の夜など、星はなかなか声が出なかったが、安田は平然と大声をはりあげた。これは金になる上、いい体験にもなった。

杉山はある日、星と安田に言った。

「人間は遊ぶ動物ではない。働く動物である」

「わたしもそう思います」

「教えるまでもないことだろうが、念のために処世上の注意をあげておく。粗食でもいいから十分に食え、十二分に食うな。栄養をとったら、くたびれるまで十分に働け、十二分に働くな。くたびれたら、十分に眠れ、十二分に眠るな。それで肉体の調和がたもてる。脳の調和は、むだな空想にひたらないことでたもて。なにか問題にであったら、ひとつずつよく考えて検討せよ。そして、考えがまとまったら、いかなることがあってもやりとげるのだ。悪い結果になることもあろうが、いずれにせよ、その経験だけは決して忘れてはいけない」

二人が渡米しようとしていることを知っている杉山は、なにかのたしにとこの注意をした。杉山は文章もうまく、義太夫も語り、話術の巧みな人で、こういう教訓めいたことも、彼の口から出ると、なんとなく頭に入ってしまうのだった。

6

明治二十七年の三月、星は東京商業を卒業した。二十歳である。中等の商業学校であり、これだけでは他人に誇れる学歴ではない。しかし、すぐれた講義を聞いており、英語の力もいくらか身についている。今後、これをいかに活用するかである。

父の喜三太は、約束どおり渡米の費用を送ってくれた。約三百円という、当時とすればかなりの大金である。これには親類たちからのせんべつも含まれていた。また無《む》尽《じん》によって村の人たちから借り集めた金もあった。

アメリカでの生活については、いちおうの知識を持っており、これでいつでも出発できる。しかし、星はそうしなかった。充分に準備をしてからというのが、性格なのだった。日本人としてアメリカに行くのだ。それには、日本のことをもっと知っておかねばならない。星は富士山から西はまだ行ったことがないのだ。

西日本を見ておこう。東京・神戸間の東海道線は開通していたが、それに乗ると金がかかる。三百円の金はあるが、これは渡米のための費用なのだ。また、金を使って旅行をしたのでは面白くない。そこで、古本の行商をしながら見物してまわろうと思いついた。

三円五十銭で古自転車を、一円五十銭で水兵用のだぶだぶの古外套《がいとう》を、二十五銭で麦わら帽を買い、二円で古本を仕入れた。あとの金は銀行にあずけた。

自転車は木製で、前輪が直径一メートル二十センチ、後輪が三十センチというしろもの。鉄でできている外国製のをまねた国産品である。

和服にわらじ、キャハンをつけ、古外套を着る。大量の古本を風呂敷《ふろしき》につつんでせおい、その自転車に乗る。九段下の下宿を出発する時、友人たちはその奇異な姿に目をみはった。四月の中旬のことである。

最初の日は横浜の友人のところにとまる。翌朝は早く起き、自転車を走らせながら、学校や役場をまわって本を売り、小田原について一泊。ここまでは順調な出だしだった。

いよいよ箱根越えとなる。旧街道であり、江戸時代とあまり変っていない。天下の険と呼ばれるように、道はけわしい。自転車は使いものにならない。古本とともに自転車を押してのぼった。通りがかりの外人が、えらいことをするやつだと驚いていた。苦痛もいいところだが、いまさら計画を変更する気にはならない。

息もたえだえに小湧谷《こわきだに》の三河屋という旅館に到着し、十五銭で一泊。温泉にひたって一休みした。

下りもまた大変だった。道が悪くて、自転車は使いようがない。がたがたさせたためか、古物だったせいか、かんじんのその自転車がこわれてしまった。こうなると、やっかいなお荷物である。古本をせおい、自転車をかかえ、なんとか清水港までたどりつく。たちまち期待に反した状態になってしまった。

自転車を船便で東京の友人に送った。これを売って、その金で古本と鉛筆とを買い、それを大阪の郵便局あてに送ってくれとの依頼の手紙をそえた。

これからは徒歩での行商となる。二十銭もあれば一日がすごせるので、その金が早くできた日は、あとの時間を見物にあてた。しかし、本の売行きの思わしくない日もある。そんな時は食事を焼芋ですませ、ただのところで寝る。役所や学校へ行き、わけを話して寝かせてもらうのである。さもなければ、駅の待合室。寝ごこちは悪くないのだが、夜中になり終列車が出てしまうと追い出されることもある。そうなると荷物置場などに移らざるをえないのだった。

浮浪者と大差ない旅だ。アメリカへ行く前の見学旅行。そういう目的があればこそ、耐えることができた。

さいわい気候のいい季節でもあった。お寺の縁の下にもぐりこんで寝たこともあった。亡霊でもあらわれるかと思ったが、いざやってみると、ふしぎとあたたかい感じがし、にぎやかな気分にさえなった。これに反し、意外なことに神社となると、ぞっとするような思いがし、眠れないまま夜があけてしまう。神社の多くは人家のあるところから離れた森のなかにあり、そのせいかもしれない。ものすごいさびしさである。体験してみてはじめてわかったことだった。

このような旅を二週間つづけ、大阪の町に入る。そこで安宿に一泊し、朝食代を払うと、残金わずか三銭だった。

しかし、あてがないわけではなかった。大阪朝日新聞をたずねる。そこには主筆の高橋健三がいる。かつての東京商業の校長で、なにかと星をかわいがってくれた人である。高橋はやってきた星を見て言った。

「なんだ、その、あわれなかっこうは」

「近く渡米するつもりでおりますが、その前に日本を見ておこうと思いまして、行商しながらここまでやってきました」

「なにか困っているようだな」

「はい。東京の友人から古本と鉛筆とを送ってもらうことになっているのですが、まだとどきません。そこでお願いです。それまでのあいだ、新聞を毎日、十五部お貸しいただけませんでしょうか。それを売って宿泊費にあてたいのです」

「お安いご用だ。わたしの家はこのすぐそばの社宅だ。あしたの朝とりに来なさい」

つぎの朝、高橋の家に寄ると、夫人が十五部の新聞をそろえて待っていた。

「星さん、用意してありますよ。いってらっしゃい」

と、はげましてくれた。星はさっそく町なかへ出る。

「朝日新聞、一銭五厘」

どなり売りはやったことがあり、うまくゆくかと思ったが、あまり売れなかった。絵入り新聞のような大衆紙でないせいかもしれないし、大阪人の気質が東京とちがうせいかもしれなかった。

梅田駅へ行ってどなっていると、駅の新聞売りの若い男二人にとっつかまり、小さな部屋に連れこまれた。

「縄張りを荒すな」

と注意された。このままだと袋だたきにされそうだと感じ、星はそばの椅子《いす》を持って振りまわした。相手がひるむすきに飛び出し、駅長室に逃げこんだ。駅長はわけを聞き、新聞売りたちをなだめてくれた。

「駅で売るのには許可がいるのだ。あの連中が怒ったのも無理はない。しかし、事情を聞くと、おまえもいい心がけだ。応援してやりたい。届けを出せば一週間ぐらいでここで売れるようにしてやるが」

と好意的だったが、そんなには待っていられない。それから大阪じゅうをどなってまわったが、夕方までに十部売れただけだった。疲れはてて高橋邸に報告に戻る。

「十部しか売れませんでした。どうも勝手がちがいます」

「大変だったろう。牛鍋《ぎゅうなべ》が作ってある。それを食べながら、これまでの話を聞かせてくれ。そして、夜はここにとまるようにしなさい。あいている部屋がある」

「ありがとうございます……」

星はこれまでのことを話した。渡米を決意し、英語、柔道、生花などを習ったこと。日本を知らなくてはと、古本の行商をしながら野宿を重ねてここまで来たことなどを。

高橋は感心してくれた。

「よく努力しているな。いまの若い者の多くは、とかく困難を避けたがるのだが」

「それというのも、先生にお教えいただいた『西国立志編』を読んだおかげです」

「和魂洋才で人生を貫こうというのは、いいことだ。どうだ、内地を見学する費用はわたしが出してやるから、汽車でまわって、早くアメリカへ出発したら」

「ありがとうございますが、ひとさまからお金をいただくくらいなら、自分の三百円を使います。お金はいただけません」

　夫人がそばから口を出した。

「なんとかあなたを応援してあげたいのです。お金以外のもので、なにか欲しいものはありませんか」

「では、ご好意に甘えさせていただきます。新聞社には書評用にと、各方面から寄贈された本がたくさんあるのではないかと思います。そのなかの不要なものがございましたら、代金あと払いで安く払い下げていただきたい。やはり行商をして回りたいのです。商売をしながらだと、人情に接することができるのです」

「いい案だ。希望をかなえてあげよう」

　と健三はうなずいた。高橋邸には三日ほどとまった。いごこちがよく、これまでの疲れが消えていった。

「星さん、こちらの部屋にいらっしゃい……」

　夫人に呼ばれて行くと、三百冊もの本が積んであった。

「……お望みの品ですよ。これだけあったら、どこまで見学できますか」

「月までも行けそうです。お礼の申しようもありません」

　星はそれをもらって、高橋邸を出て近畿地方を行商しながら見物してまわった。売る本がたくさんあるので、気が楽だった。

奈良へ入った時、ある警察署長の宅へ本を売ろうと立ち寄ると、署長が出てきて、夫人を呼んで星の足を洗わせた。人ちがいされたのではとまどっていると、座敷へ案内され、署長は頭を下げて言った。

「わたしは福島県の平の出身です。朝日新聞を見てあなたの壮挙を知り、敬服いたしました。いずれはこの地にも来られるだろうと、お待ちしておりました」

主筆の高橋健三が星の行商のことを、好意的な記事にして紹介してくれたのだった。金銭にまさる援助だった。星は新聞の力をはじめて実感した。これまでは、新聞とは買って読むもの、売って金にするものとだけしか思っていなかったのだ。この印象は深かった。

さらに西へむかおうと、大阪へ戻り、浜田健次郎を訪れた。この人も東京商業の時の先生であり、いまは大阪商工会議所の事務局長になっている。事情を話し、大阪商船会社の重役あての紹介状をもらった。それを持っていって、こう交渉した。

「船のなかでどんな労働でもいたしますから、無賃で乗せていただけませんか」

「そんな申し出は、はじめてだ。重役会議にかけなくてはならないから、返事はあしたまで待ってくれ」

それはまともにとりあげられ、許可証をもらうことができた。おおらかな時代だったのである。

大阪商船の百五十トンぐらいの小さな船。はじめての船旅である。古本と、東京からとどいた鉛筆と、神戸で仕入れた輸出むきの状差しを持ちこみ、出航となる。瀬戸内海の沿岸の港をまわり、商売をしながら風景を眺めて楽しみ、九州の東岸をへて、鹿児島に上陸した。

安宿にとまって新聞を見ると、その晩、仙台出身の漢学者・岡廉夫の歓迎会が金波楼という旅館で開かれるという記事が出ていた。東北県人会の主催で、会費は二円五十銭とある。ここは南のはて、東北の文字がなつかしく、出席したいと思った。しかし、古本はあれど、現金は一円五十銭しか持ちあわせていなかった。

そこで夕食を宿ですませ、出かけていって、酒食はいらないから五十銭で入れてくれと幹事に交渉した。承知してくれたはいいが、案内された席は主賓の岡廉夫のとなりで、料理も出された。しきりに辞退したが、周囲から杯を差され、とうとう飲まされてしまった。朝日の記事を読んでいた人がいたのである。

その会には福島県人が多かった。維新の時、会津は薩長軍にひどい目に会わされた。そのご、薩摩で西郷隆盛をかついだ西南の役がおこると、政府は会津から兵士をつのり、報復の感情を利用して戦わせた。巧妙な政策である。そのあとも会津出身者を役人として、鹿児島にたくさん送りこんだ。

星が自己紹介をし、いままでの体験を話すと、みながはげましてくれた。同県の者というなつかしさである。出席者のなかには師範学校の先生もおり、本を買ってやるから学校へ持ってこいと言われた。

翌日でかけると、生徒たちの前できのうの体験談を話してくれとたのまれた。それをしゃべると、旅費のたしにと教員や生徒たちが四円五十銭を集めてくれた。しかし、ただでもらうわけにはいかないと、適当な本を渡した。

そんなことが鹿児島の新聞にものり、名も知られ、歓迎もされたし、本の行商もうまくいった。星は味をしめ、沖縄に渡ると、そこの新聞社に行って自分の抱負を話すと、そこでも記事にしてくれた。売上げをのばすこともできた。新聞の効果というものに、星は一段と興味を持ったのだった。

沖縄で仕入れた特産品を売りながら、九州を北へと旅した。長崎へむかってである。瀬戸内海の大阪商船の船のなかで、星はよく働き、船長にみとめられた。

「期待以上に働いてくれた。いくらか給料を出そうか」

「無料で働くという約束でした。なにか下さるというのでしたら、上海航路の船長への紹介状をいただきたいと思います」

それをもらうことができ、持っている。この機会に大陸も見聞しておこうという気分になっていたのだ。長崎の裁判所には同郷の人がおり、その口ききで旅券も取ってもらえることになった。

しかし、予期しなかった出来事のため、それは断念しなければならなかった。八月一日に日清戦争がはじまったのである。朝鮮はずっと清国の勢力下にあった。しかし、明治維新後、国力の充実してきた日本は、朝鮮を自国の支配下にしようという方針を進めてきた、それで清国と対立し、ついに開戦となったのである。

星は山陽を通って大阪へ戻り、高橋夫妻に旅の報告をした。

「おかげさまで、大成功でした」

「それはよかったな」

「戦争がはじまりましたが、こんな時にアメリカへ行っていいものでしょうか」

「こういう時だからこそ、早く行く必要がある。日本は外国から文化を吸収し、向上をはからねばならない。短期的に見ても長期的に見ても、大切なことなのだ。しっかり勉強してきてもらいたい」

「はい」

星は残った金を高橋に渡そうとしたら、帰りぐらいは汽車で帰れと、五円を返された。しかし、それも使わないですんだ。大阪商船の船で帰京したのである。働くかわりに無賃乗船にしてくれる許可証を利用したのだ。八月のなかばであった。

かくして、星は国内の見学旅行をすませた。少年の日の富士登山、少し前の成田への徒歩の往復、そして今回の旅行。そのたびに経験が蓄積されてゆく。それはアメリカ留学の時に、なにかの役に立つように思われた。

暑さの東京をあとに、星は郷里へと帰った。家族や親類や知人たちに、あいさつをしてまわる。しばらくの別れなのだ。東京とちがって、そう簡単に帰れない地へ行くのである。母のトメはなごり惜しそうだった。父の喜三太も内心はそうなのだろうが、この春、県会議員に当選しており、表情にあらわすことはしなかった。

まだ残っている古い風習によって、旅立ちのいい日をえらんで、星は出発した。父母は茨城県との境まで送ってきてくれた。もう子供ではない。成功しない限り、おめおめとは帰れないのである。しかし、悲壮な感じより、あこがれのアメリカへ行けるという興奮のほうが大きかった。

東京へ出て、旅券の申請などの渡米の準備をする。

ある日、下宿に手紙がとどいた。高橋健三夫人からのもので、上京しているので会いにおいでなさいとの内容だった。旅館にたずねてゆくと、サンフランシスコの総領事・珍田《ちんだ》捨巳《すてみ》にあてた高橋の紹介状を渡された。珍田もかつて東京商業の講師をしたことがあった。明治二十三年、星が入学する前年に領事として渡米した。そんな関係で高橋と珍田とは親しいのである。星にとってなによりのおくりものであった。

夫人はさらに紙包みをさし出した。あけてみると、大阪の高橋邸に捨ててきたタビが、きれいに洗われてなかに入っていた。

「あなたは行商という、貴重な体験をしました。これは記念にとっておきなさい。大阪へたどりつくまでの苦労を忘れてはいけません」

夫人は気性の強い大柄な人で、このように気のつくしっかり者だった。高橋健三は高い識見と純粋な心を持つ、ほっそりした人。妙なとりあわせだが、うまくいっている夫妻だった。

それから夫人は、こんな話もした。行商の時に着ていった古外套《がいとう》だが、暖かい季節になったので、それも高橋邸へおいてきた。

「あの外套のことですがね、あれは使わせていただきましたよ」

「どうぞ、どうぞ。いらなくなったものです」

「以前うちにいた書生が、ある役所につとめるようになりました。出世といえましょう。このあいだやってきて、お祝いに洋服を作ってもらいたいと言ってきました。そこで、どんな服でもいいかと聞くと、いいとのことです」

「それで……」

「あの外套を出し、これは非常に貴重なものだと、あなたの苦労を説明してあげました。すると、もうぜいたくは言いませんと、だいぶ反省してくれたようですよ」

高橋夫妻は星をすっかり気に入ったようだった。ここにも自分に期待をかけてくれる人がいる。それはありがたいことだった。

日清の戦況は日本に有利に進展していた。九月中旬、日本軍は黄海の海戦で勝ち、陸上においても平壌で清国軍を破り、北進をつづけている。

星はサンフランシスコまでの船賃五十円を払い、切符を買った。また、神田で八円を払って洋服を作った。はじめて着る洋服である。胸がときめいた。荷物をととのえる。そのなかには『西国立志編』もあった。

十月、横浜を出発。船は米国船のチャイナ号。四千トンである。

7

アメリカ大陸は一四九二年にコロンブスによって発見された。もっとも、それより以前、北欧人がその存在を知っていたというが、ヨーロッパの話題にはならなかった。この大陸への関心を高めたのは、コロンブスの功績である。日本では戦国時代がはじまりかけたころに当る。

スペイン、ポルトガルは南米をめざした。一山あてようという男たちが乗り込んでいった。彼らは先住民の女とのあいだに子を作る。アフリカから連れていった黒人どれいたちも雑婚する。かくして、人種のるつぼと化してゆく。

これに反して、北米大陸には主にイギリス人が移住し、植民地を作り、タバコなどを耕作した。タバコはヨーロッパで高く売れるのである。アメリカで生活が可能だ。それを知って大西洋を越える者がふえていった。

一六二〇年には信仰の自由を求めて、百二人の乗ったメイフラワー号が到着する。女性もまざっており、新大陸で家族ともども生活しようという移民たちである。日本では徳川時代の初期に当る。

大西洋岸の各地に植民地ができ、それが発展して、統治組織である州がいくつか出来てくる。

移民はさらにふえ、海岸地方から奥地、すなわち西へと植民地がひろがる。北部は自作農が主で、南部では黒人どれいを使っての大規模農業がさかんになる。イギリスは彼らを支配下におき、税を取ろうと軍隊を動かし、それがきっかけとなって独立戦争がおこった。一七七五年である。日本は田沼意次《おきつぐ》が老中だった時期。

総司令官のジョージ・ワシントンが軍事的才能を発揮し勝利をおさめ、翌年、独立宣言となる。十三の州がまとまって、ひとつの連合国家を作ったのである。一七八九年、第一回の議会が開かれ、憲法がきめられ、ワシントンが初代の大統領に就任した。この時、人口は約四百万。

三代目の大統領ジェファーソンの時、アメリカは中部にひろがる広大なルイジアナ地帯を、フランスの皇帝ナポレオンから、千五百万ドルで買った。ナポレオンはイギリスとの戦争にそなえて売ったのである。アメリカはヨーロッパの戦乱に巻きこまれることなく、土地を開拓する。

新聞が発行されたり、一八〇七年にはニューヨークを河口に持つハドソン川に蒸気船が航行したりし、少しずつ近代化してゆく。

一八四八年、太平洋岸のカリフォルニアで金鉱が発見され、人びとが押しよせる。ゴールドラッシュである。

話は少しさかのぼるが、一七九三年にホイットニーという男が、棉から種子を簡単にとりのぞく綿繰機を発明した。産業革命によりイギリスで紡績工業がさかんになっていた時期で、綿は重要な輸出品である。綿繰機で能率化されたため、南部は棉の栽培に力をそそぎ、より多くの黒人どれいを必要とするようになった。

一方、北部では工業がおこりはじめ、南部との経済的な対立が発生した。どれい制廃止をとなえる北部系のリンカーンが大統領に就任し、南部は連邦から分離しようとし、南北戦争となった。一八六一年のことである。

なお、この前年の一八六〇年には日本からの使節、新見豊前守《ぶぜんのかみ》らの一行がアメリカを訪れている。日米修好条約の批准《ひじゅん》のためであった。

南北戦争の時、北部は人口二千二百万、南部は三百五十万の黒人を含めて九百五十万。工業、経済力、いずれも圧倒的に北軍が優勢だった。南軍は三年間よく戦ったが、ついに敗北。この戦争中、リンカーンは「人民による、人民のための、人民の政治を……」という有名な演説をした。

敗れた南部は、再建に苦しむことになる。どれいは解放されたが、制度上にとどまり、黒人はほとんど自由を手にできなかった。

つづいて西部劇の時代となる。各地で鉱山が発見される。牛のむれを追っての放牧がなされる。白人に追われて西部に来ていたインディアンが抵抗をこころみる。無法者が銃をぶっぱなし、保安官がとりおさえる。

カリフォルニアから東にむけ、また東部から西にむけ、農民が土地を求めて進出してくる。かくして広大な北米大陸も、未開拓な土地が少なくなってゆく。

また、産業も飛躍的に発展した。一八七三年、カーネギーは鋼鉄工場を作ったが、たちまちのうちに大産業に仕上げた。ほぼ同じ時期、ロックフェラーは石油業を巨大なものにした。缶づめ、製粉、鉄道などもさかんになり、工業国へと体質を変えてゆく。

そのころ、トラストなるものが発生した。企業による市場の独占のことである。最初は、物価の下落と安売り競争による損害を防ぐため、同業者間で協定を結ぶという方式だった。それがしだいに発達し、各会社の株主から権利の委託を受ける方式、投資会社を作り同種産業をみな子会社にしてしまう方式へと発展する。これがトラストである。企業は巨大なものになるが、金融業者による支配力が強くなってくる。

産業を成長させるばかりでなく、アメリカ人はさまざまなものを発明した。農業用刈取機、ミシン、ゴム、輪転印刷機、コルトの拳銃《けんじゅう》、モールスの電信、タイプライター、計算機、現金出納機。一八七六年にはベルが電話を発明し、それは十年のうちに五十万台も普及した。

エジソンは電気による照明を発明し、その電源である発電機を改良し、それは各地に多数つくられ、電車やエレベーターに応用されるようになった。内燃機関や自動車はヨーロッパ人の発明だが、アメリカでも生産がはじめられようとしていた。

一八七五年は独立百年であった。それを祝ってフランスからおくられたのが、ニューヨークの自由の女神像である。一八八三年（明治十六年）ピューリッツァーがワールド紙を買収、ニューヨークで新聞を発行、大新聞へと成長させる。

産業でもうけた人たちが、各地に学校を作る。ダーウィンの適者生存の説をひろげた社会進化論という考え方が、多くの人に受け入れられる。プロ野球、アメリカンフットボール、ボクシングなどがおこなわれはじめる。

つまり、アメリカはまだ若く、ヨーロッパの文明をうけつぎ、さらにヨーロッパにないものを作り出しつつあった。伝統や洗練はなかったが、活気がみちていた。

星の乗ったチャイナ号は、このような国にむかって進んでいたのである。高級船室には駐米公使として赴任する栗野《くりの》慎一郎も乗っていた。当時はまだ日米間に大使の交換がなく、公使が日本を代表する外交官だった。高官であり、星も気安くあいさつに出かけるわけにはいかなかった。

そのほか、視察を目的とする役人、取引きをしにゆく商人、星と同じく留学をこころざす青年など、さまざまな人が乗っていた。

さらに下級船室には、出かせぎにゆく者が何人もいた。

日本から米本土に移民が行ったのは、明治二年が最初であった。戊辰戦争で薩長軍と戦ったのが会津と長岡の二藩。それを応援したオランダ人にスネルという貿易商がいた。彼は戦いに敗れた会津人に同情し、約四十名を連れてカリフォルニアで農業をはじめたのである。このなかには、おけいという少女がいて、明治四年に十九歳で死亡した。その墓は現在も残っている。この移民計画はうまく進展しなかった。

明治四年には岩倉具視《ともみ》が使節としてアメリカへ行き、その時、女性の留学生を五人つれていった。そのなかに七歳の津田梅子がいた。彼女は明治十五年に帰国し、女子教育の先駆者となる。

はじめのころの渡米者は主に留学生だった。青年の流出は国力の低下になると、政府が移民を好ましく思わなかったのである。

しかし、明治二十年ごろより、労働を目的とする移民がふえてゆく。日本での生活が苦しく、新天地に夢をいだいて出かける人たちだ。アメリカの海運業者は太平洋航路で利益をあげようとし、それを手伝ってもうけようとする日本の移民紹介業者があらわれ、宣伝をしたのである。明治十三年の在米日本人は約百五十人だったが、十年後の二十三年には二千人を越えた。

そして、入江寅次著『邦人海外発展史』にのっている、星が渡米した翌年である明治二十八年の統計によると、左のようになる。

日本製雑貨店、竹細工店の経営	五〇人
右の店員	一〇〇人
料理店関係者	九〇人
いかがわしい風俗営業関係	五〇〇人
労働しながら学ぶ者	一二五〇人
純然たる学生	二〇人
出かせぎ労働者	五〇〇〇人
医師、宣教師など	少数

それらの大部分は太平洋沿岸地方、とくにサンフランシスコとその周辺に多かった。出かせぎ労働者は英語を知らず、なんの予備知識もなく、所持金もない。たいていは農業関係の日やとい労働者となり、金をためるどころか、食うや食わずの生活をつづけることになるのである。

アメリカにむかう船は、その乗客たちの人生と運命とを、いやおうなしに大きく変えるのであった。

8

十月の末、船はサンフランシスコに着く。はじめて踏む外国の土地である。二十歳の星。動作はぎこちなかった。それは緊張のためばかりではない。はきなれぬ靴《くつ》、着なれぬ洋服のせいでもあった。首のまわりのカラーとネクタイは、和服とちがってきゅうくつだった。しかし、これがこの地の服装なのだ。早くなれなければならない。

坂の多い街である。坂にはケーブルカーが動いている。広い道路、何階建てかの建物、大きな住宅、行きかう人びと、英語での話し声。そこには文明があった。早くこれにとけこまなければならない。

百十五ドルを持っている。二百三十円、父からもらった金である。星は船内で、何度目かの渡米という乗客から、こうすすめられていた。

「着いたら、第一日目だけでいい。アメリカ人の経営するホテルにとまってみることだね。こんな生活かと、いい体験になる」

「そうかもしれませんね」

それぐらいの余裕はあるのだ。大きなホテルに一泊した。長い船旅を終えたわけだが、くつろごうとしても興奮でなかなか眠れなかった。やっと、あこがれの地に来たのだ。

ホテルでは黒人も働いている。見るのははじめてで、つい目で追ってしまう。また、何人かの日本人も働いていた。出かせぎでやってきたうちの、いくらか英語が話せる者である。英語がうまくなるにつれ、掃除係から、荷物運び係、エレベーターボーイ、ルームサービス係、食堂づとめと昇格し、それにつれて収入もよくなる。しかし、そんな事情を知るのは、しばらくあとになってからであった。

宿泊費は二ドルだった。こんな生活をつづけるわけにはいかない。星はつぎの日、福音会へと移った。安孫子《あびこ》久太郎という三十歳ちかい男が経営している宿泊所である。

安孫子は十年ほど前に渡米し、キリスト教の信者となり、邦字新聞を発行していた。

そのかたわら安い宿泊所を作り、日本から渡米してくる者の面倒をよくみていた。一泊十セント、三食つきだと三十セント。つまり九ドルあれば一カ月の食と住がなんとかなるのだ。苦学生が何人もとまっていた。

星はさっそく、高橋健三の紹介状を持って、珍田捨巳をたずねた。サンフランシスコ駐在の総領事である。ロッキー山脈以西の在米邦人の保護がその主な任務。珍田が赴任したころ、この地では中国人排斥運動がさかんだった。日本人に対する風当りはまださほどでなかったが、英語のできぬ西も東もわからない移民が毎年千人以上もやってくるので、領事はその処理に多忙なのだった。

面会したはいいが、珍田は転勤の辞令を受けており、数日後には帰国ということで、せっかくの紹介状も役に立たなかった。あてがはずれ、星はいささかがっかりした。

星はつぎに、中野という男を訪れてみた。一年ほど前にこの地へ来て、陶器など日本産の雑貨を売る店を出し、かなり手びろく商売をしている人である。ある人の紹介で、渡米前から星は中野と文通をしていた。そのうちお世話になるかもしれないと。

中野はまだ若いのに在留邦人のなかでの成功者という評判で、行ってみると立派な店だった。あいさつをすると、こう言われた。

「きみが星君か。よく来たな。大いにがんばりたまえ」

「着いたばかりです。よろしくご指導を」

「来たばかりなら、金を持っているだろう」

「はい、百ドルあまり……」

「商品を仕入れる資金に、貸さないか。利息は払うよ」

「どうぞ、お使い下さい」

十日ほどして、ふたたび訪れると、どうもようすがおかしい。わけを聞くと、競売だという。中野は星に頭を下げた。

「申しわけのないことになってしまった。借金でゆきづまり、店もこれで終りだ。きみから借りた金は、しばらく待ってくれ。きょうのところは、この金側の懐中時計で……」

どうもこうもなかった。着いて二週間もしないうちに、百ドルあまりの所持金の全部が時計ひとつに変ってしまったのだ。

福音会にとまり、しばらくサンフランシスコを見てまわり、語学力を身につけ、先輩の中野にあれこれ聞き、珍田の口ききで適当な仕事につき……。アメリカと心のなかに描いていた予定が、すべて、もろくも崩れさってしまった。アメリカの日本人にはあとから来る者を食い物にするのがいるから気をつけろということは、聞いて知っていた。しかし、自分がその被害者になるとは。郷里の父に送金をたのむわけにもいかない。あれだけの金を作ってくれたのが、せい一杯なのだ。

この地方は十一月に入ると、霧や雨の日が多くなり、春になるまですっきりしない天気がつづく。星の心境もちょうどそれと同じだった。福音会のベッドで、日本から持ってきた『西国立志編』を読む。こんな文句が出ていた。

「自分を助ける者は自分であると思う時に、人は強くなる。信仰とは自分の内部にあるものを信ずることで、それが成功をもたらすのである」

語りかけ、はげましてくれているような感じがした。他人にたよろうというのがよくなかった。自分の力で生きていこう。働いてこの事態を切り抜けよう。

この地の日本人あるいは中国人の青年の多くは、スクール・ボーイをやっていた。アメリカ人の中流家庭に、住み込みでやとわれるのである。朝は四時半ごろ起き、八時まで家事を手伝う。それから食事をし、九時にはじまる学校に行く。三時になると帰ってきて、また七時半ごろまで掃除や食器洗いなどの仕事をやるのである。そして、夕食。あとは自由だが、明朝のことを考えると、そう夜ふかしはできない。しかし、生活と勉強はなんとかできるのだった。それがスクール・ボーイ。星もそれをやろうと思った。

福音会には二十人ほどの日本の青年がとまっていた。そこへ、スクール・ボーイをやとおうとアメリカ人の主婦がやってくる。そのベルの音を聞くと、ベッドにねそべっていた青年たちは、急いで身づくろいをして玄関のそばの廊下に並ぶ。主婦はそのなかから気に入ったのを選んで連れて帰るのである。

星もそのようにして、ある家庭にやとわれた。さっそく働きはじめたが、二時間ほどたつと、仕事ぶりを見ていた主婦に言い渡された。

「おまえは役に立たない。帰ってくれ」

一日分の給料を渡される。くびにされたのだ。渡米して二週間、英会話は未熟だし、アメリカ人の生活や習慣もわからない。星にとっては、はじめてのことなのだ。やとった側の不満ももっともだった。

たとえば、窓ガラスをふけと言われ、バケツと布と石けんを渡される。星はていねいにその仕事をやり、

「つぎはなにをいたしましょう」

と聞く。主婦ができばえはと見ると、ガラスにぬられた石けんが乾いて、白い粉だらけになっている。もう一回、水で洗わなければならないということを知らなかった

のだ。それで、たちまちくびにされる。

庭の芝生に水をまけと命じられ、それをやっている時、主婦に声をかけられる。

「はい」

と答えてふりむいたが、ホースを手に持ったまま。主婦は水びたし。第三者が見れば喜劇だが、当事者にとっては笑いごとでない。

植木鉢を割ったこともあり、化粧鏡を割ってしまったこともある。とうとう、一カ月のあいだに二十五回も追い出されるという記録を作った。早ければ一時間、長くて二十四時間でくびになってしまうのである。

福音会にいる青年たちのなかで、星はきわめて好印象を与える。若く、利口そうで、まじめな性格にみえる。だから、主婦たちも、ついやといたくなってしまうのだ。しかし、仕事をやらせてみると、給料に値するだけのことをやってくれない。

星は熱心なのだが、片目ということもあって距離感が不自由で、もともと器用なたちではない。それに、仕事の要領がまるでわからないのだ。到着そうそう働くことになるとは、夢にも思っていなかった。

使うほうで第一歩から手を取って教えればいいのだろうが、それは手間のかかることだし、すぐ役に立つ人間がほかにいるのだ。主婦としては、気の毒に思いながらも、追い出すほうを選んでしまう。

くびになった回数も新記録だが、やとわれた回数も新記録である。星への第一印象が悪くないためであった。

こうなると、ほかの青年たちも面白くない。Mr. O. D. Hoshi というあだ名がつけられた。追い・出され・星の略である。最初はからかいだったが、しだいに深刻になってくる。福音会で排斥運動がおこった。

「星がくりかえして追い出されるのは仕方がないが、日本人がみなあんなかと思われ、中国系の青年のほうをやとうようになりかねない。求人の主婦がやってきた時、星に顔を出させないようにしよう」

仲間たちからもそんなあつかいを受け、星はまったくの孤独となった。郷里がなつかしく思い出される。しかし、帰るわけにいかず、その旅費さえないのだ。なんとしてでも働かなくてはならないのだが、いまやその機会さえ与えられない。

いや、正確にいえば、一軒だけ働く口が残されていた。子供の二人あるユダヤ系の未亡人の家。普通なら一週間で一ドル五十セントだが、そこでは一ドル二十五セントしか払わない。その上、けちで口やかましく、人使いが荒く、食べ物はまずい。たいていの人は、三日からせいぜい一週間で逃げ出してしまう。

「あの家に働きに行ってみようと思うが、いいか」

星が言うと、福音会の仲間は答えた。

「かまわないよ。あそこは、われわれのほうで追い出した形の家だ。しかし、これは面白い取りあわせだな。どんな結果になるだろう」

みなは笑ったが、星にとっては残された最後のチャンスだった。よりごのみなど、できないのだ。

背水の陣。大げさにいえば、死処を求めるような気分で乗り込んだ。この地へ来て、なにかの英語の本で読んだ「死の覚悟さえあれば、恐れるものはなにもない」という文を思い出した。今回もだめだったら、人生の落伍者《らくご》になってしまう。富士山へ登った時のこと、成田山へ徒歩で参拝に行った時のことを思い出した。天は自ら助くる者を助く。いままでは、外国から来たばかりの若者だから、手かげんをしてくれてもいいだろうという、同情を求める甘えがなかったとはいえない。

たしかに、人使いの荒い家だった。イモの皮のむき方が厚すぎるなどと、こまかいことをあれこれ指図《さしず》する。主婦は星の仕事のあとをいちいち調べ、小言を連発する。普通の人が逃げ出したくなるのも、むりもなかった。掃除のやりなおしなどで、学校へ通う時間をもらうどころではなかった。しかし、星はほかに行き場がないのだ。

食事もひどいものだったが、飢え死にすることはない。渡米前に行商をしながら、食うや食わずで野宿を重ねながら大阪までたどりついたことがあった。あの時にくらべれば、まだましではないか。ここはアメリカであって、夢の天国ではないのだ。星は自分にそう言いきかせた。

こき使う主婦のほうも、妙な気分だったにちがいない。給料の安いのを承知でやってきた。しかし、いままでの連中とちがって、逃げ出そうとしない。仕事ぶりは不器用きわまるが、強く注意すると、失敗を二度とくりかえさない。ふしぎな日本人もいるものだ。

福音会の仲間が、ようすを見に来て言う。

「ひどいものだろう」

「それほどでもないよ」

と星は答える。そもそも待遇のいい家なるものを知らないのだ。しかし、内心ではいつ追い出されるかと、びくびくだった。一週間が過ぎ、主婦は星に給料を渡した。

「はい、約束の一ドル二十五セント……」

それにつづいて、もう働かなくてもいいと言われるかと思ったが、その言葉はなかった。もっとこの家にいられるのだ。一ドル二十五セント。当時は紙幣がなく、すべて貨幣だった。それを手にする。渡米してはじめてかせいだ、まともな報酬。星は内心「これでサンフランシスコの労働学校を卒業したぞ」と叫んでいた。

夢中ですごした一週間だが、小言の連続によって、仕事のやり方を身につけてしまったのだ。そのユダヤ系の未亡人は、週に二十五セントを節約するため、小うるさく注意した。その二十五セントが、星にとって授業料だったことになる。

それでも、まだ安心はできない。スクール・ボーイも含め、アメリカでは使用人は日曜休日が原則である。しかし、星は日曜も平日と同じく働いた。一カ月ほどすると、やかまし屋の未亡人も星に満足感を示すようになった。小言のたねがつきたのだ。

星は仕事になれ、時間に余裕が持てるようになった。福音会へ寄ると、仲間が言う。

「まだあの家で働いているのか。あのおかみさん、いやなやつだろう」

「そんなことはないよ。ぼくに仕事のやり方を教えこんでくれた」

「変な考え方をするやつだな。しかし、まあ、なんとかなって、よかった」

Mr. O. D. Hoshi のあだ名は使われなくなった。

星は主婦に申し出た。

「昼間、学校へ行かせてもらいたいのですが」

「ああ、かまわないよ。やるべきことをやれば、あとは自由だ。最初からの約束だし」

星は近くの小学校の四年に入学した。満二十一歳になろうという時である。しかし、アメリカ人の子供は成長が早い。星は小柄ではなかったが、顔つきが子供っぽく、まざっていてとくに奇妙というわけではなかった。

校長は中年の女性で、数学を教えていた。小学四年だから内容はたわいなかったが、星は語学の勉強と思って授業を受けた。

入学して興味をそそられたのは、その教え方だった。いわゆる講義ではない。たとえば、歴史の教科書の数ページ分を、百語に要約してこいと宿題に出す。そして教室では、そのできのいいのを先生が読みあげ、各人に意見を求め、討論させる。また、詩を作らせ、それをよりよくなおしてみせる。なるほど、これがアメリカ式の教育なのかと、かつて小学校の先生をしたことのある星は、あらためて感心させられた。

なかには、二十歳ぐらいの女性の先生もいて、運動と遊戯をかねた時間を担当していた。星を特別あつかいせず、手を取ってダンスの相手をしてくれた。そのたびに星は照れくさく、また胸がときめいた。年齢を聞かれた時は、どう答えたものかわからなかった。彼女は星を十五歳ぐらいと思っていたらしい。

この小学校へ約三カ月かよった。すなわち、ユダヤ系の未亡人の家で四カ月ほど働いたことになる。年があけ、明治二十八年（一八九五）となった。

星はスクール・ボーイのこつをおぼえこんだ。そして、いくらか条件のいい家に職をみつけ、また少し程度の高い学校へ通うようになった。

9

サンフランシスコの生活にもなれてきた。星は東京にいる親友、安田作也に早く来るよう手紙を出して呼び寄せた。安田はとりあえず洗濯屋の配達係という職につき、そのかたわら英会話を実地に学びはじめる。

また、日本人青年のたまり場である安孫子久太郎の福音会で、安楽栄治《あんらくえいじ》という二つ年長の男と知りあった。彼は鹿児島県の出身。星が名を告げると、

「すると、いつか九州へ本の行商に来た人だな。土地の新聞で、その記事を読んだよ」

と親しみを示してくれた。タバコ会社の紙巻き工場につとめ、わりにいい給料を取りながら勉強をしているという。おとなしく誠実な人柄だった。

星、安田、安楽の三人はとくに仲よしとなり、折にふれて語りあった。いっしょに

写真をとったこともある。

星の毎日はいちおう順調なものとなった。しかし、この地方の日本人はとなると、安定した状態とはいえなかった。移民はつぎつぎにやってくるが、その多くは英語も知らず、なんの技術も持っていない。農場にやとわれるか、単純な肉体労働の口しかない。それもできず、物ごいをしてまわる者も出る。

留学という志を抱いてやってきた者も、いつのまにか目的を忘れてしまう。いくらか英語ができるようになり、なんとか職を得ると、それに安住してしまう。開国直後の留学生ほどの意気ごみがないのだ。日本で働くよりいい給料をもらっているわけだが、週給となると、そのなかから少しずつためようとするのは、なかなかむずかしい。つい目前の娯楽に使ってしまうのだ。だから、胸を張って帰国できる日は、いつまでも来ない。

なかなかアメリカの社会にとけこめず、その努力もせず、日本人だけが集ってかげ口をたたきあったり、なかには新しくやってきた者をだましたり、さらには、日本から女性を呼び、いかがわしい商売をはじめたり……。

向上心を失ってしまうのもいるのだった。移民のなかには、洗濯業や飲食店を経営し、まともにやっている者もあるが、財産を作って帰国という区切りは、なかなかつかない。

そんな周囲を見て、星は自分をいましめた。いつまでもここにいると、心のなかの希望の炎が、なまぬるいものになってしまう。なんとかして早いところ、東部のニューヨークかボストンへ行き、より高度なものを学びたい。そうしなければ、渡米した意味がない。

それには、まず旅費を作らなければならない。

日本人の仲間にたよるのをやめ、星は職業紹介業者のところへ行って申し込んだ。

「なにか仕事をみつけて下さい」

「おまえは英語が話せるか」

「いま、あなたと話している。この程度なら話せます」

「よし、わかった。二百五十キロほど南のほうの牧場で、人を求めている。週給は十ドルだ。手数料を六ドル払えば、そこへの紹介状を書いてやる」

「お願いします。いま、金を作ってきます」

星は余分なものを売りとばし、六ドルを払う。すると、南へむかう船に乗せられた。沿岸航路の小さな船。速力もおそく、波のために大きくゆれた。かたいパンひとつとコーヒーを与えられたが、船酔いのため、たちまち吐いてしまった。ところどころに寄りながら十時間ほど航行し、朝の四時ごろ、小さな港でおろされた。数軒の家があるだけ。休もうにもホテルさえない。酒場があったが、もちろん営業時間外で、しまっている。そこの前の椅子《いす》にかけ、うす明るさのなかの、荒涼とした風景を眺め、星はぐったりとし、息をついた。地の果てに来たような気分だった。アメリカにもこのような土地があったのか。

やがて酒場の主人が起きてきて言う。

「なにをしている」

「サンフランシスコから働きに……」

「だったら、三キロほどむこうの、丘の上の家だ。日ものぼったことだし、そろそろ行ったらどうだ」

うさんくさく思われたのか、追い立てられてしまった。足をひきずりながらたどりつき書状を出すと、主婦はそこにいた牧童頭とコックとに星を紹介し、すぐに仕事を命じた。

五つぐらいある部屋の掃除である。疲労と空腹をがまんしながら、ていねいに作業にとりかかる。週に十ドルの口なのだ。主婦は三回ほど仕事ぶりを見に来たが、二時間ぐらいいして言い渡した。

「おまえは、うちにはむかない」

不採用なのだ。とりつくしまもなく、主婦は部屋に入ってしまった。ここは牧場の家、サンフランシスコの住宅のように、ていねいに掃除をすることはなかった。すばやく適当にやるべきだったのである。

帰る気になれず立っていると、やがて、ふとった温厚そうな主人が出てきて告げた。

「ちょうど、むこうから北行きの船が来る。あれに乗って、サンフランシスコへ戻りなさい」

「お願いです。ためしに一週間だけ使ってみて下さい。必ずご期待にこたえます」

と星がたのんだが、主人は首を振った。

「気の毒だが、うちでは、だれをやとうかは妻がきめるのでね。さあ、早くしないと船に乗りおくれる」

馬車に乗せられ、港へと連れて行かれる。別れぎわに、主人は五ドルの金貨を星に渡して言った。

「帰りの船賃のたしにしてくれ。もし、ここにむきそうな人がいたら、来るように言ってくれ。じゃあ、グッド・バイ」

船は港まで来たが、ひき潮の時刻のため、桟橋《さんばし》に着けない。どうやって乗ればいいのかと思っていると、船のクレーンがのびてくる。先には網がついている。そのなかに入れと合図された。クレーンは星を釣り上げ、デッキの上へと運びおろした。まさに荷物あつかいだった。

またも船酔いに悩まされながら、むなしくサンフランシスコへと逆戻り。どう考えても面白くない。星は職業紹介業者のところへ行って交渉した。

「指示された牧場へ行ったが、二時間ほどでやめさせられた。こうなったのも、わたしの英語力だけをためし、かんじんの仕事についての説明も試験もなしに、あそこへ行かせたからだ。あなたにも手落ちがある。払った手数料の六ドルは高すぎる。返してくれ」

ほかにも客はたくさんあり、相手は信用にかかわると考えたためか、あるいは同情してか、こう答えた。

「たしかに、当方の営業上のミスだ。半分だけお返しする」

と三ドルを渡してくれた。しかし、いずれにせよ、つぎの仕事をさがさなければならない。といって、この紹介業者にたのむ気にもなれず、思案しながらそとへ出た。

道を歩いていると、東京にいた時に知りあった少し年長の男にであった。星は話しかけた。

「伊藤君じゃないか。こんなところで会うとは。こっちに来ていたとは知らなかった」

「ぼくには、郷里で貧しい暮しをしている母がある。楽をさせてあげたいのだが、日本ではいい職につけない。そこでここへ来て、スクール・ボーイをやり、送金をしているというわけだよ。で、きみはどうしているんだ。なにか浮かぬ顔をしているが」

「職業紹介業者の口ききで行ったが、採用されずに戻されてしまった……」

星がいきさつを話すと、伊藤は興味を示した。

「週給十ドルとは、すごい。そこを紹介してくれないか。ぼくは母への送金をふやしたいのだ。そのためには、どんな仕事でもやる。たのむよ。そのかわり、ぼくがいま働いている家に、きみを推薦する。週給四ドル五十セントだ」

「そんなに払ってくれるスクール・ボーイの口があるとは。おたがいに、いい話だな。ぼくは勉強しながら東部へ行く旅費をためたいのだから、そういう仕事のほうがいい。しかし、給料がいいだけに、責任も重いのだろうな。ぼくはあまり器用じゃないんだ。仕事になれるまで、しばらくきみがいっしょにいて教えてくれ。ぼくも牧場のほうへ手紙を出してみるから」

「よし、きまった。きみが追い出されないことをみとどけてから、出発することにするよ」

相談がまとまり、星はさっそく牧場の主人に、辞書をひきながら手紙を書き、伊藤の人物を保証した。四日後に返事があった。

〈配慮に感謝する。この手紙のとどく次の日の午後四時に、サンフランシスコを出港する船がある。それに乗ってこっちへ来れば、やとい入れてあげる〉

ビジネスライクな文面だった。それを見て伊藤は大喜びしたが、星のほうは不安だった。どうやったらいいのか、ほとんど知らないまま、仕事につかなくてはならない。追い出されることになりかねない。

伊藤が出発したあと、星は考えた。どんなむずかしい仕事でも、いやがらず、なんとかやりとげるよう努めよう。そうすれば、やめさせられることもないにちがいない。

そこはアペンジャーという家だった。主人はユダヤ系の人、ヨーロッパで汽船会社やホテルなどの支配人をしたこともあり、いまはこの地でイギリスに小麦を輸出する仕事をしていた。かなり大きな家で、ほかにも使用人が何人もいた。家族に紹介される。この家の末のむすこは、星が三カ月ほどかよった小学校の時の同級生だった。思いがけないことで、いくらか救われたような気分になった。

しかし、甘えは許されない。星は家族のみならず、使用人からも、なにかたのまれると、すぐに「はい」と答えて立ち、その用事を片づけた。給料のいいこの職を失いたくないのだ。最初のうちはそれをいいことに、面白半分にこき使われたが、やがて、こんな役に立つ者はいないと、みなにみとめられるようになった。昼夜の別なく星が働くので、そのうち主人が言った。

「そうまで働くことはない。おまえのやる仕事は、これこれだけでいい……」

と使用人たちを集めて、仕事の分担をはっきりさせてくれた。時間的な余裕ができ、午後の時間を読書にあてられるようになり、夜には福音会に付属している英語教室に通い、語学力を上達させるようつとめた。牧場から追いかえされたことが、いまでは幸運に思えた。

給料を渡された時、星は主人に申し出た。

「わたしは東部へ行って大学へ入ろうと思い、こうして働いているのです。それには金をためなくてはなりません。持っていると使ってしまうので、できましたらこのうち半分を預っておいて下さい」

「それはいい心がけだ。では、営業資金として使わせてもらおう。銀行に預けるより、たくさん利息をつけてあげるよ」

主人も好意的だった。星は節約しながらも、経済、社会、政治の本を買いこみ、仕事のあいまにそれに読みふけった。

ある日、マーシャルの『経済論』という本を買って帰ると、庭の芝生で遊んでいたアペンジャーの娘が言った。

「なんの本なの。見せてよ……」

小説のたぐいかと思ったのだ。この『経済論』はイギリスで出版され、アメリカでも評価されている本だった。娘は驚きの声をあげる。

「星はこんな本を読むのか……」

「はい。以前からぜひ読みたいと思っていました。ここで働くことができ、やっとお金ができたので、買えたのです。うれしくてなりません。今夜はこの本にキスをして、抱いて眠るつもりです」

「そんな思いで本を買っているとはね。あしたにでも、おまえの部屋をのぞかせてもらえないかしら」

「どうぞ……」

翌日、娘は星の部屋の何冊もの本を見て感心し、家族たちに話した。

「あの星は、ずいぶん高級な本を読んでいるのよ」

まだ会話のたどたどしい日本人なのに、むずかしい本を読んでいるというのが驚異だったのだ。アペンジャー家の信用はますます高まったが、そんななかで、星は事件を起してしまった。

この家にベッシー・ブリッチという料理女がいた。ドイツ系の中年女で、働きぶりはもたもたしていた。ある晩、アペンジャー家に来客があった。星は学校に早く行きたいのだが、ブリッチの料理作りがのろくて、いらいらしていた。

「もう少し早くできないのか」

とせかすと、ブリッチのほうも虫のいどころが悪かったのか、こう言いかえした。

「なによ、このチャイニーズ」

「自分こそ、モンキーのくせに」

「どうして、あたしがモンキーなのだ」

「鏡をよくのぞいてみろ」

口論だけでとどまらなかった。ブリッチはそばにあったパンを作る時に使う木の棒を手に、なぐりかかった。星はそれを左手で押え、右手で彼女のほっぺたをひっぱたいた。すると、つぎに肉を切る包丁で切りかかってきた。それも左手で払い、またひっぱたいた。がき大将だった幼時の癖が出てしまった。東京の講道館で習った自衛の術が、思いがけなく役に立った。

ブリッチは悲鳴をあげながら自分の部屋に逃げ、星は本を手に福音会の英語教室へかけつけた。友人が言う。

「きょうは遅刻だな」

「いま料理女とけんかをして、ぶんなぐってやった。まったく、なまいきな女だ」

その話を聞いて、友人たちが集ってきた。

「とんでもないことをしたな。このカリフォルニア州の法律では、女をなぐると六カ月の懲役だ。ただではすまないぞ」

「それは知らなかった。なるほど、この国では、女は神さまの次の存在だったな……」

星は青くなった。ここの経営者の安孫子久太郎も出てきて心配してくれたが、名案も浮かばない。いまさら後悔しても、どうにもならない。

力なく帰途につく。いつもは電車で帰るのだが、きょうは歩きながらだった。この地方特有の夜霧が流れ、空には月がかすんで見える。困難が相手なら努力という方法もあるが、こと法律となると、どうにもならない。

あすの朝になったら、アペンジャー夫人に申し出て辞職し、領事館に行って事情を話し、それから警察へ自首して出よう。刑務所行きだろうか、国外への退去を命じられることになるのだろうか。いずれにせよ、いままでの苦労が水の泡《あわ》になるのだ。自分の部屋に戻っても、なかなか寝つけなかった。

それでも次の日は、いつもより早く起き、自分の受持ちである仕事を片づけ、夫人のあらわれるのを待った。しかし、夫人は朝寝坊の上、化粧に時間をかけるので、十一時ごろでないと起きてこない。

そのうち、ブリッチが出てきた。もともとふくれた顔なのに、一段とはれあがっている。そこへ薬をつけ綿を当て、赤い布を巻きつけている。赤いフロシキでスイカを包んだようで、普通なら笑い出すところだが、あんなにまで強くひっぱたいたのかと、星はあらためて後悔した。

アペンジャーの上のむすこのモリスが起きてきた。すでに昨夜のことを知っている。

「あのブリッチのひどい顔。星、えらいことをしでかしたな」

「はい。わたしも悪いことをしたと思っております。わたしが処罰されては、この家にご迷惑が及びます。辞職を申し出るため、あなたの母上のおめざめを待っているのです」

モリスは同情してくれたが、彼に決定権はない。

つづいて、やっとアペンジャー夫人が二階からおりてきた。身のまわりの世話をする女の使用人にこう話しかけながら。

「星という青年は、なんとよく働くこと。もう自分の仕事をすませている。将来きっとえらくなるよ」

「それが奥さま、昨夜、事件がございましてね。料理係のブリッチが、星を追い出さないのなら、自分が出て行くと申しております……」

と事情を話した。夫人はうなずき、星に近づいて声をかけた。

「おはよう」

「おはようございます」

「おまえの仕事ぶりは、ずいぶんよくなったね」

「きょうは申し上げたいことがございまして、早目に片づけたのでございます」

「おまえがブリッチをなぐったとかいうそうだが……」

「はい、なぐりました」

「なぐらなかったというのでしょう」

夫人は耳に手を当てて聞きかえした。いくらか耳が遠かったし、あるいは、星になぐらなかったと言わせたかったのかもしれない。しかし、星は答えた。

「いいえ、たしかになぐってしまいました。ブリッチさんの言動に許しがたいものがあったので、防衛と立腹のため、相手が女であることを忘れてしまいました。まったく、悪いことをしてしまいました。もう、この家にいるわけにはまいりません。やめさせていただきます。いろいろとお世話になりました」

「星はもっとここで働いていたいか」

「いうまでもございません。わたしのような外国人を楽しく働かせて下さる、いいご家庭です。それだけに、悪いことをしたわたしがいては、申しわけないのです」

「わかったよ、星。おまえは今までのように、仕事をつづけなさい」

夫人は台所へ行き、ブリッチのほうをやめさせたのだった。いくらかの金を渡し、先に手を出したのはおまえだからと、星を告訴したりしないようなっとくさせた。そして、星のところへ戻ってきて言った。

「職業紹介業者へ電話をかけて、かわりの料理女をやといなさい。今度は、けんかにならぬようなのをね」

その日の午後、ブリッチは出てゆき、かわりの料理女が来た。ブリッチ以下の仕事ぶりでは星の責任になる。星はいろいろと気をつかい、新しい料理女もその期待にこたえてくれた。

一時はどうなるかと思った事態も、予想もしなかったいい結果になった。星もこれにこり、女性に対して注意するようになった。

アペンジャー家としては、星をおいておいたほうが利益と考えた上でのことだったろう。つまり価値をみとめられたのである。信用されただけのことをしなければならない。

星は熱心に仕事にはげみ、商人への支払いなど、家の会計までまかされることになった。

さらには、むすこのモリスの監督までたのまれた。モリスが夜の芝居見物に出かける時、まちがいがあってはと、いつも同行するよう依頼されたのだ。そして、夜おそく帰ってくると、主人夫妻がアルコールランプで夜食をあたためて、モリスとともに食べるようすすめてくれる。夜中に使用人を働かせるわけにはいかないからである。いっしょに馬車にも乗り、休日には舟遊びに連れていってもらったりし、まさに家族同様の待遇だった。そのことに、星も心から感謝した。

ある日、アペンジャー氏が肺炎にかかった。医者は診察し、背中と胸にテレピン油をぬるよう指示した。星はそれを引き受け、一日に三回、時刻をたがえず、ていねいにつづけた。そのため看護婦をやとうことなく、病気は快方にむかった。

なにかの時、アペンジャー夫人は星にむかって、こう話しかけた。

「おまえのお母さんは、きっと非常に立派な人なんでしょうね」

「なぜ、そんなことを……」

「ここの家でも、これまでに何人かの日本人を使ってみました。しかし、どの人も同僚の悪口を言ったり、不平不満を口にしたりする。それなのに、星は一度もそんなことを言わず、よく働いてくれている。おまえのお母さんは、おまえのような純真な子を生み、忍耐づよい、健康な青年に育てた。これは容易なことではありません。だから、会わなくともそれがわかるのです」

そう言われて、星は胸にこみあげるものを感じ、涙を流した。

「わたしは子ですから、もちろん母を尊敬しております。しかし、ここの奥さまにそうおほめいただくとは、思ってもみませんでした。そのお言葉を母が聞いたら、どんなに喜ぶことでしょう」

アペンジャー家では働きがいがあった。みなは星に好意を持ち、星もみなに好意を持った。ちょうど一年の時が流れた。しかし、いつまでもここにいるわけにはいかない。星は主人夫妻に申し出た。

「以前にも申しあげましたが、わたしがこちらで働いているのは、東部の大学に行きたいからこそです。おかげさまで旅費もたまりましたし、語学も上達いたしました。東部への出発をお許し下さい」

星は東部の各大学の規則書や内容紹介のパンフレットを取り寄せて検討した結果、ニューヨーク市にあるコロンビア大学をめざそうときめたのだった。

「おまえの学問好きは、よくわかっている。しかし、どうだろう。もっとこの家にいてくれないか。学資なら援助する。ここサンフランシスコのスタンフォード大学に入学したら……」

「そのお心づかいには、お礼の申し上げようもありませんが、郷里にいるわたしの両親の心になってお考え下さい。アメリカ文化の中心である、ニューヨークやワシントンを見聞させてやりたい、最もすぐれた大学であるコロンビア大学で勉強させてやりたいと。わたしの希望をかなえさせて下さい」

「そうか、よくわかった。引きとめるのはよそう。しかし、おまえの父母の立場になってみると、ニューヨークではさぞ苦労するだろうと、心配でならないのだ」

アペンジャー夫妻は、それほど星のことを思ってくれているのだった。

「わたしは、このサンフランシスコでかなりの苦労もしましたが、こちらでの楽しい生活も味わうことができました。一生忘れられない体験となりましょう。ニューヨークにも苦労があるにちがいありませんが、すばらしい文化に接するといういい面もあるはずです。わたしの心は緊張しております。なにもかも覚悟の上です」

「しかし、学費などはどうするのだ」

そう聞かれ、星は東洋産の麻で作られたレースのハンケチを出した。花やチョウのもようがついている。

「いまサンフランシスコで流行している品です。これからニューヨークでもはやるでしょう。ハンケチのほか、皿の下に敷くもの、テーブルクロスなどを大量に仕入れていって、むこうで行商をするつもりです」

「いろいろと考えているのだな。そういう思考と決意には感服した。では家族で送別会を開いてあげよう」

アペンジャー家では、盛大な送別会をもよおしてくれた。

また、日本人福音会は、五十人ほどの会員を集めて、壮行会を開いてくれた。その席上、星はこうあいさつをした。

「わたしはこの地に来て、人間とはなにかを自問自答しながら、苦しいことを乗り越えてきました。それを、さらにニューヨークでくりかえそうというのです。ここよりはるかに大きな困難が待ちかまえていることでしょうが、それを承知で行くのです。この考えに賛同のかたは祝福して下さるでしょう。賛同できないかたは、その反対でしょう。しかし、いずれにせよ、きょうお集り下さったみなさまには、心から感謝し、ご好意は決して忘れません」

日本からの留学生のなかには、まじめな者もいるが、そうでないのも多いのである。星の失敗をからかったのもいるし、アペンジャー家で家族ともども馬車で外出するようになったのを、こころよく思わない者もいる。現状になれてしまうな、向上への努力を惜しむな、天は自ら助くる者を助く。奮起をうながす意味をこめて、星はこう言ったのだった。

星は親友の安田作也を自分の後任としてアペンジャー家に推薦し、あれこれ教えて仕事の引きつぎをした。

そして、思い出の多いサンフランシスコをあとに、汽車で東部へむかった。明治二十九年（一八九六）の五月中旬、満二十二歳であった。

なお、この前年、日本は日清戦争で勝利をおさめている。講和の結果、日本は遼東《りょうとう》半島と台湾を領有することになった。しかし、台湾を統治しようとしたが、島民たちの反抗にあい、またマラリアなどの病気にかかる者も多く、派遣された軍隊も大いに手を焼いた。

また遼東半島については、シベリア鉄道を建設、東方進出の計画を進めているロシアが、ドイツ、フランスをさそい、その領有反対を強く主張してきた。三国干渉である。その三国と争って、日本は勝つみこみがない。やむをえず清国に返還するという詔勅が出され、国民はくやし涙を流してあきらめた。

国力を充実させなくてはならない。それが国民の一致した願いであり、目標となっていた。

10

ニューヨークまでは一週間の旅。東へ進む汽車は平原を過ぎ、シエラネバダ山脈へさしかかる。季節は少し戻り、桃やアンズの花が見え、さらに海抜が高くなると、窓のそとは冬景色に変る。

一夜あけ山脈を過ぎると、不毛の荒涼たる高原地帯。それが限りなくつづくのである。やがて、あたりが白っぽくなり、ソルトレークという塩分の多い巨大な湖が見えてくる。

汽車はさらに進み、アメリカ合衆国を東西に分けるロッキー山脈にさしかかる。岩また岩の、溶岩による雄大な光景。時どき雪が降り、そして、やむ。ところどころに鉱山らしきものが見える。いつしか山脈を越え、汽車はひたすら東へと走る。

ふたたび平原地帯となり、一面の畑で、ぽつりぽつりと人家がある。日本の農村のような村というものが存在しないのである。そのかわり、シカゴのような都会となると、とてつもなく大きいのだ。さらに進むとナイヤガラの滝があり、星は下車して見物した。

まったく、アメリカという国は広い。この旅行中、星は窓のそとに展開する眺めを楽しんだ。汽車に揺られどおしではあったが、考えてみると、渡米以来はじめての心身の休養といえた。しかし、その旅も終り、目的地のニューヨークに着く。

やっとたどりついたのだ。東京で勉強し、サンフランシスコで働き、そして、ここ。

ニューヨーク。サンフランシスコとはくらべものにならないほど大きく、にぎやかだった。百年のあいだに、十万人の町から三百万人を越える大都市になり、いまなお成長しつつある。

道は広く、アスファルトで舗装されており、電車や馬車が走っている。両側の歩道の敷石のひとつひとつも大きく、歩く人たちは急ぎ足で、活気がみちていた。歩道の建物のそばには商品が並べられ、店からあふれ出たようで、繁栄と豊富を示している。

ごうっという音がするので上を見ると、そこは高架線で、電車が走り去っていった。地下鉄の入口がある。電車は地下も走っているのだ。

高いビルが目につく。赤レンガづくりで、数えてみると十五階あった。しかし、少しはなれて、その二倍ぐらいの高さのものもある。これが文明かと感心させられる前に、まず理屈ぬきで圧倒されてしまう。

しかし、ところどころに公園もある。五月の終りで、新鮮な青葉が美しく光り、いろどりをそえていた。

イーストリバーにかかっているブルックリン橋は、話には聞いていたものの、とてつもなく大きかった。星はそれを渡ったところにある日本人教会に宿泊することにした。福音会から手紙で連絡をつけておいたのである。

服はいま着ているのが一着だけ。所持品は大型のカバンが二つ。ひとつには書籍が入っており、もうひとつには仕入れてきたレースの製品がつまっている。あとは現金が五ドル。それが全財産だった。

ここの教会にも、日本からの苦学生が二十人ほどとまっていた。金まわりのいいのはいなかった。スクール・ボーイのような職は、この地にはない。サンフランシスコのような、のんびりした人情はなく、適者生存というきびしさが感じられた。

翌日、翌々日と、星は市内を見物してまわった。ニューヨークの主要部分であるマンハッタン島の南端には、この街の象徴である自由の女神像が、これまた大きくそびえている。そこからそう遠くなく、経済の中心地であるウォール街がある。歴史的に古い地区のためか、ここだけは道はばがせまかった。しかし、道はそれだけに混雑している。

マンハッタン島の西側には埠頭《ふとう》がつづいており、大きな船が数えきれぬほどひしめいている。広い湾のように見えるが、ここはハドソン川なのである。

高層ビルとなって上へ上へと発展しているニューヨークのなかで例外なのは、セントラルパークという非常に広い公園である。人になれた鳥やリスがいて、人びとのいこいの場所となっている。動物園、美術館などもあり、公園内を見物するだけで、何日もかかりそうだ。なにもかも大きく、感嘆し、ため息が出る。

ソーダファウンテンという簡単な飲食店に入って休む。ローストビーフ、十五セント。アイスクリーム、十セント。コーヒー、紅茶、ミルクが五セントだった。

ニューヨークは夜も明るい。ガス灯がやわらかくともり、電灯が強い光で輝いている。見物して毎日をすごしたい気分だが、そうもしていられない。現金は残り少ないのだ。

着いてから三日目。星は小さなカバンにレース製品を入れ、行商をしようと街へ出た。しかし、どこへ行ったものか見当がつかない。身なりはみすぼらしく、地理はわからず、きょろきょろしてしまう。そんな自分を意識すると、きまりが悪くてならない。なにしろ、世界一の繁栄を誇る大都会。どうしても気おくれがしてしまう。どこかへ入らなければと、ビルや住宅のドアの前に立つが、ベルを押す勇気が出ない。その日は、ただむやみと歩きまわっただけで教会へと帰った。

四日目。やはり同様だった。きょうこそは少しでも売らなければと、朝はやく起きて出かけたものの、どうにも入るきっかけがつかめない。日本にいた時、新聞の呼び売りをやったことがあった。あの最初の日も、かなりのためらいがあった。しかし、まわりは気ごころの知れた自分と同じ日本人だったし、なんとか声さえ出せばよかった。

ここはニューヨーク。ビルや豪華な住宅は、こっちを威圧しているようだ。しかも、入って交渉しなければならない。アメリカでのはじめての行商なのだ。こつさえわかっていない。日本で古本を売り歩いた経験も通用しそうにない。

その日も、ただ街を歩きまわっただけで、一軒も入れなかった。歩きくたびれ、公園のベンチに腰をおろす。

予想が甘すぎたことと、自分のふがいなさとを、つくづく思い知らされた。こんなことではだめだとわかってはいるのだが、行動に移れないのだ。なぜだろう……。なにげなくポケットに手を入れると、何枚かの貨幣が指に触れた。出して数えてみると、一ドルほどある。万一の場合のためにと、とっておいた金だ。

これがいけないのかもしれない。心のどこかで、この金をたよりにしているのだ。サンフランシスコでは、何回も追い出されたあげく、死ぬ気になって、けちで有名な家へ飛びこんだのだった。ここでも、そういう状態へ身を置くべきなのだろう。かなり食べでがあった。そして、早く寝た。

その翌朝、最後の十セントを電車賃とし、その線の終点まで行っておりた。高級住宅の多い地区である。もう帰りの電車賃はないのだ。歩いて帰れるような距離でない。なにがなんでも、品物を売らなければならないのだ。

一軒の家の玄関へ行き、ベルを押し、目をつぶる。いやおうなしに幕はあがったのだ。しかし、いくら待っても応答がない。目をあけてみると、そこは空家だった。ほっと息をつく。つぎの家へ寄ると「留守中」の札が出ていて、胸をなでおろす。こんなことではだめだと知りながらも、それが正直な感想なのだった。しかし、生理的な現象である空腹は、防ぎようもなく進行する。けさからなにも食べていないのだ。えさを食べている犬を見て、うらやましくてならなくなる。のどもかわいてくる。しかし、馬車の馬のための水飲み場しかなく、それを飲む勇気もなかった。

どうにもならなくなり、倒れかかるようにして、一軒の家のベルを押す。なかから主婦が出てきて言った。

「なんの用でしょうか」

「こういう品を行商しているのですが」

レースを出して見せる。

「うちじゃあ、いらないわ。だけど、あそこの家に行けば買ってくれるかもしれないわ。そんなのに興味を持っている人だから」

商売にはならなかったが、いくらか緊張がほぐれた。教えられた家を訪れてみる。

「わたしは、日本人の行商です。このような品を持っています」

応対に出た使用人に見本を二枚ほど渡すと、相手は、

「そうですか。そこにかけてお待ちを」

と陶器製の椅子《いす》を指さした。まもなく戻ってきて、客間に案内された。しかし、だれかが出てくるけはいもない。午後の一時ごろで、空腹感は高まるばかり。といって、帰るわけにもいかない。三十分ほどたち、いらいらしはじめた時、家人があらわれた。主婦と二人の娘である。食事中だったのかもしれなかった。

「日本人の行商とは珍しいわね。どんなものなのか、もっと見せて下さいな」

やさしい言葉だった。星はありったけの品をカバンから出した。

「お手に取って、よくごらん下さい」

「きれいね。いくらぐらいするの」

「それぞれに値段の札がつけてあります。しかし、それより二十パーセントお安くいたします」

「まだ値切りもしないのに、まけてくれるなんて。それでも利益はあるの」

「わたしはこれまでサンフランシスコで働き、そこでためた金でこれを仕入れ、学問をしようとニューヨークへ来たのです。ですから、利益は問題外なのです」

「そんな貴重な資本のかかった品なのね。喜んで買いますよ」

こんな会話のあげく、四十ドルほど買ってくれた。

「ほかに変った品が入ったら、また見せに持っていらっしゃい」

はげまされた上、ケーキとお茶とが出された。その味のおいしかったこと。空腹のためもあったが、この一家のやさしさが身にしみたのだった。お礼を言って、そこを出る。

ポケットにまとまった金を入れ、帰りの電車に乗る。来た時にくらべ、なんという気分の変りようだろう。心の上にのしかかっていた、ニューヨークという大都会の圧迫感が大はばに薄れている。朝、出かける時には、きょういくらかの成果をあげたら、夕食にはお祝いに一ドルで豪華な食事でもしようと思っていたのだが、こうなるとお金の貴重さがあらためてわかってくる。十セントのパイを食べてすませた。それでもみちたりた気分だった。

しばらくの生活費ができた。たまたまニューヨーク大学が入学試験をやっていたので、ものはためしと受けてみた。しかし、合格できなかった。ほかの科目はともかく、アメリカの地理がぜんぜんできなかったのだ。

これでは、念願のコロンビア大学へ入るのもむずかしいかもしれない。大学の事務局へ出かけていって、ようすを聞く。どこの国のでもいい、専門学校を出ていれば、無試験で入学を許すという。

そのことは、星も規則書で知っていた。しかし、あいにくと星の出た東京商業は中等教育の学校である。原則としてはだめなのである。だが、いちおうは交渉してみよう。星は学習した内容、教授たちの地位などを説明し、実質的には高等商業と同等であることを説明した。

「オーケー。入学をみとめよう」

相手はなっとくしてくれた。アメリカの大学は、入学は容易なのである。卒業するのがむずかしい。単位ごとの厳正な試験に合格しなければならないのだ。

それに、学期はじめの九月には、月謝の納入をしなければならない。それまでにまとまった金を作らなければならないのだった。

星はニューヨーク・ヘラルドという新聞に、二十五セントを払って夏のあいだ家事手伝いをして働きたいという、求職広告をのせた。サンフランシスコでの体験を生かしたかったのだ。この地では六月から八月末までが夏期なのである。

すると、ホーという印刷会社の副社長から、面接したいから社に来てくれとの連絡があった。星が出かけて行くと、相手は言った。

「わたしの家族は八人いる。夏になると郊外の家に移り、わたしはそこから会社にかようことになる。夏のニューヨーク市内は暑いからな。その別荘ぐらしのための求人なのだが、いままでは毎年、フランス人を使ってきた。名前を見てフランス系かと思ったが、おまえは東洋人だし、この地へ来たばかりのようだな。やとうのは見あわせたい」

「そう早くおきめにならないで下さい。わたしを使ってみないうちは、わからないはずです。少しのあいだでけっこうですから、働かせて下さい。それでだめなら、あきらめますから……」

この都会で役に立つかどうかわからないながらも、サンフランシスコのアペンジャー家からもらってきた、この人物はよく仕事をやり信用できるという推薦の手紙などを出し、たのんでみた。

「もっともな話だな。で、わたしの別荘へいつ来られるか」

「ここから、いまとまっている日本人教会まで十分間、準備に五分、そこから駅まで十分。発車を待つ時間を五分とみて、いまから三十分後には、別荘へと出発できます」

「そのビジネスライクな返事が気に入った。では、すぐ行ってくれ。場所はここだ」

と所在地と夫人への紹介状を書いてくれた。普通の日本人だと、職がきまると前祝いだと友人と一杯やったりし、服の洗濯などをしてから出かける。星はそれを省くことで、働き口を得ることができた。

ホー氏の別荘に行くと、あまりいい顔をされなかった。命じられた仕事をすませ、食器置場兼給仕部屋に腰かけていると、夕食後の家族たちの会話が耳に入ってきた。

「あの星という日本人は役に立ちそうにないから、やめさせて、いつものようにフランス人をやといましょうよ」

「まあ、もう少しようすをみてからだ」

とホー氏が制している。やめさせるには、それなりの理由が必要なのだ。

つぎの日、ホー氏はニューヨークへ出勤するため、ひとり早く起きる。その足音で星は目をさまし、食卓に果物を出し、コーヒーをいれ、そばに読みやすいように新聞を立て、二階からおりてくるのにぴたりとまにあわせた。家を出る前には、服にブラシをかける。ほかの家族たちは、もっとおそく起きるのである。

その夜も、家族たちは星への不満をもらしたが、主人はまた、もう少し待てと言う。つぎの日の朝も、星は前日と同じく、手ぎわよく仕事をすませた。主人は満足げに微笑して出かけてゆく。経営者というものは、いちいち注意することなくものごとの進行するのが好きなのだ。

家族たちの星への文句は、数日つづいた。はじめての東洋人なので、違和感を持ったのだろう。しかし、この家では主人が決定権を持っているので、追い出されないですんだ。

星はどんな仕事でもやり、しだいにみとめられてきた。この別荘には、ほかにも使用人が何人もいた。なかにはニューヨークへ遊びに出かけたがる者もいる。星はその仕事を代ってやったりし、同僚たちにありがたがられた。まもなく、最初の反対がうそのように、家族たちからも信頼されるようになった。

日本で習った生花の腕を示し、部屋を飾ってみせると、みな珍しがってくれた。朝と夕方は忙しいが、日中はあまり仕事がなく、読書にふけることができた。入学してからのことを考えてである。涼しくもあり、いごこちは悪くなかった。

夏も終りに近づき、星は夫人に申し出た。

「以前にもお話しいたしましたが、そろそろコロンビア大学の新学期がはじまります。お別れしなければなりません。いろいろとお世話になりました」

すると、それを聞いた六歳になる娘がだだをこねた。

「星に、もっといてもらいたいのよ。ここから大学に通わせればいいじゃないの。寝るところがないのなら、ママ、あたしのベッドを貸してあげるから」

三カ月のあいだに、こうも好意を持たれるようになったのだ。しかし、子供の意見の通るわけがない。

ホー家をやめる時に、星はシャツ、ネクタイ、オーバーなどと、十ドルのボーナスをもらった。ためた給料と合わせると、百ドルちょっとになる。

ニューヨークに戻り、コロンビア大学へ授業料を払いにゆく。それをしないと、学生になれないのだ。しかし、年額百五十ドルで、所持金ではたりない。そこで、こう交渉した。

「この学校にあこがれて、日本から来た苦学生です。いま、半年分の授業料、七十五ドルを払います。とりあえず、半年間だけ講義を受けさせて下さい」

「あとの半分はどうする」

「なんとか働いて、かせぎ出します。それが一年後になるかもしれません。普通の人の二倍かかってもいいから、この大学を卒業したいのです」

どんなことをしてでも、ここで学んでみせる。その熱意をみとめ、係は承知してくれた。

「よろしい。悪くないアイデアだ。しっかりやりなさい」

官僚的なところは、少しもなかった。これがアメリカなのだなと、実感させられた。

星は故郷の父母に手紙を出した。手紙は毎月のように出しているが、心配をかけるといけないので、苦労話は書けない。しかし、大学入学となると、誇らしい気分で書けた。父から返事があり、この三月、県会議員の任期満了で選挙があったが、喜三太がまた立候補し再選されたことを知らされた。

このコロンビア大学は一七五四年、まだイギリスの統治下にあった時代に、国王の勅許によって創立され、キングス・カレッジと名づけられた。そして、独立戦争後、コロンビア・カレッジと改称され、星の入学した一八九六年にコロンビア・ユニバーシティとなり、近代的な総合大学に形がととのえられたのである。すなわち、創立百四十年ということになり、ニューヨークで最高の大学である。

アメリカにはほかにも一流の大学があるが、それらは小都市に存在している。星はニューヨークの実体に触れながら学びたいと思って、この大学を選んだのだった。

そこの学生になれ、よくここまでこれたという気分と、これが出発点なのだという自戒とを、星は心のなかで持った。授業がはじまり、軽い興奮のなかで日々がすぎてゆく。

しかし、秋が深まったころ、サンフランシスコの安楽から、悲しい手紙がとどいた。親友の安田作也が死亡したのである。安田は星のあとを受けついで、アペンジャー家でスクール・ボーイとして働いた。仕事ぶりもよく、家人からも信用された。だが、彼は酒が好きで、ある夜、ブランデーを飲んで酔って寝た。ガストーブをつけっぱなしだったので、朝になって周囲の者が不審に思った時には、すでに手おくれになっていたという。

安田、安楽と三人でとった写真がある。星はそれを出して眺め、日本人教会のなかのベッドの上で話しかけた。

「安田、きみに死なれて、さびしいぞ。金をためてニューヨークに来る日を待っていたのに。きみのためと思って、アペンジャー家に推薦したんだ。そんなことをしなければ、こんな不幸はおこらなかったかもしれない。すまなかったと思う。これからは、きみのぶんまで努力し、二人ぶんの成功をしてみせる。しかし、もうきみと話しあえないなんて……」

その夜、星はいつまでもつぶやきつづけだった。

また、東京の友人からの手紙で、恩師の高橋健三が松方内閣の書記官長に就任したことを知らされた。これは喜ばしいたよりだった。現在の官房長官に当るもので、国政の重要な役職である。

少し話が横にそれるが、この秋、アメリカ全土を舞台に、壮大なショーが展開された。大統領選挙である。I・ストーン著、榊原豊治訳『彼らもまた出馬した』によると、こんなふうであった。政治上とくに大問題のない時期であった。共和党はマッキンレーを候補にあげ、その経歴、人物から彼の当選が予想された。

民主党には適当な人物がなく、候補をきめるシカゴでの党大会も、あてがないまま開かれた。政策の討論がなされ、それにひと区切りつけるために、ウイリアム・J・ブライアンという、さほど名の知られていない下院議員が壇上にあがった。彼は背が高く、体格がよかった。ひたいが広く、目が鋭く、それでいて温厚な風格の持ち主だった。

そして、演説をはじめたのである。それは、すばらしいの一語につきた。アメリカ人たちは、このような雄弁にはじめて接した。ワーグナーの歌劇をうたうにふさわしい声量と、たくみな口調は聴衆の心をつかみ、夢心地にみちびいた。聖書からの引用がちりばめられているだけで、主義や政策はぼやけていたが、雄弁の波は会場をひとつの渦に巻きこんだ。

出席者たちは、みな熱狂した。涙を見せたことのない者が泣き、冷静さを売物の人が大声をあげ、対立していた者どうしが抱きあい、この新しい救世主をかつぎあげた。

ブライアン候補は全国を遊説《ゆうぜい》してまわるという、史上はじめての選挙戦を展開した。そのような行為は、これまで、はしたないとされていたのである。また、不可能と思われていた。この広大な国、速力のおそい汽車しかなかった時代である。

しかし、彼はそれをやってのけた。不眠不休、演説につぐ演説だった。それを聞く者は、たちまち魅せられてしまう。内容は二の次で、彼は話すことで満足し、聴衆は聞くだけで満足感にひたった。

これであわてたのが共和党。マッキンレーは人格者で、政治家としても有能。しかし、雄弁でなく、精力的でもない。それを補うため、共和党は産業界から資金を集め、ビラやパンフレットをばらまいた。シカゴの事務局からのものだけでも一億枚を越える選挙文書が発送されたという。印刷物の洪水で対抗したのだ。

選挙戦の仕上げは、人口が最も集中しているニューヨークでおこなわれた。だれもが街へ出て、ブライアンの演説を聞いた。

十一月のはじめの投票の結果は、マッキンレーが七百万票、ブライアンが六百五十万票であった。

日本から来ている青年に、山下弥七郎というのがいた。星に話しかける。

「あのブライアンというのは、大変なやつだな」

「ああ、雄弁でこれだけ大衆を熱狂させることができるとはね。アメリカの政治について、いい勉強になった」

と星が答えたが、山下は興奮からさめていない。

「いまに天下を取る人にちがいない。秀吉はこれとみこんで織田信長につかえた。星君、ぼくはブライアンの書生になるよ」

そして、勝手にイリノイ州のその家に押しかけ、ねばり、住み込んでしまった。敬服しているため、よく働き、家人たちに愛され、むすこたちに兄弟あつかいされるにいたる。やがて、ニューヨークの星のところによこす手紙に、ブライアン・山下と署名したりするようにもなるのだった。

星のように、計画を立ててこつこつ努力をする性格の主がいる一方、こんな豪胆で気まぐれな者もいたのである。アメリカという国がまだ若く、多くの可能性を秘めているのと同様に、日本からの留学生にも、さまざまなのがいた。そんな時代だったのだ。

コロンビア大学での講義になれてくると、星はあいまをみてレースの行商をつづけ、仕入れてきたものをほぼ売りつくした。それで授業料の残金を払うことができた。

なにかもっといい方法はないだろうか。考えたあげく、星はメーシーという大きなデパートに出かけ、そこの支配人に面会して言った。

「わたしは大学へかよう金をかせごうとしている者です。この店の一部を貸していただけませんか。女の店員をやとって、このレース製品の陳列、販売をやってみたいのです。利益があがったら、その何十パーセントかをお渡しいたしますから」

月ぎめで借りるのでなく、利益の配分なら、損をすることはないだろうという計算だった。

「おまえは、なかなか面白いアイデアを持ってきた。日本人には珍しい。よく検討してみるから、見本をおいて、三日ほどしてまた来てくれ」

しかし、これは実現しなかった。サンフランシスコでの仕入れ値が上っており、一方、機械で製造する安いレースが出まわりはじめていた。東洋産のレースは妙味のある商品でなくなりはじめていた。

いささかがっかりしたが、金をかせぐのが当面の問題である。この都会で日本の青年が働くとなると、コックかボーイの職ぐらいしかない。料理のできない星は、夕方からボーイとなり、できるだけのことをした。日本人教会の仲間から、

「けっこうかせいでいるようだな。おごれよ。遊びに行こう」

などと言われることもあったが、そのたびに星は巧みにかわした。

年末にはクリスマスがある。その日、街ははなやかになり、人でにぎわう。これは異国にいる星にとって、ひとつのなぐさめとなった。十二月二十五日が誕生日なのである。幼少の時、郷里の家では家族たちがお祝いをしてくれ、父の喜三太は酔ってきげんがよかった。なつかしい思い出である。いま、家族からは遠くはなれている。しかし、そのかわり、これだけ多くの人が祝ってくれるのだ。

11

年があけると明治三十年（一八九七）星は二十三歳であった。

コロンビア大学では経済学と統計学を専攻科目とし、そのほか政治史、社会学などにも興味を持って学んでいる。授業を受けてはじめて知る分野ではない。入学する前、サンフランシスコにいたころから、書籍を読むことによってかなりの予備知識を持っていた。だから講義はよくわかる。しかし、教室での討論による学習となると、一段と具体的で、学問が身につくという形容がぴったりだった。

ニューヨークは貿易港でもある。またアメリカの金融の中心であるウォール街もある。工場も問屋も多い。新聞が何種も発行されている。新聞には多くの広告がのっている。また街の各所に宣伝広告が出ている。商店は売上げをのばすために、さまざまなくふうをこらしている。

そういうものの見聞をしながらなので、経済学の勉強には適当なところといえた。一年がたち、六月となる。また三カ月の夏休みがはじまる。これが星にとってのかせぎ時なのだ。新聞に広告を出すと、ニューヨークの銀行家、フェアチャイルドという人からやといたいとの口がかかった。悪くない条件である。

星という姓は、日本の公使と同じである。そのため、目にとまりやすく、いい家柄と思われたのかもしれない。そうだったとしたら、幸運と言わねばならない。星は渡米以来、いろいろと苦しい目にも会っているが、幸運にもめぐりあっている。

この前年、駐米公使として四十七歳の星亨《とおる》が着任していた。同姓だが親類でもなんでもない。彼は江戸の職人の子。父が夜逃げをしたので、母は子を連れて新潟出身の星という医師と再婚した。星亨は学問好きで、成長して官職について才能を示し、英国に留学し、弁護士の資格をとった。帰国後、自由民権運動に走り、代議士となり、衆議院議長になった。

しかし、政党政治の研究の必要を感じ、駐米公使を志願し、議員をやめて赴任してきた。彼は傲慢《ごうまん》な印象を与える外見で、あいそのない性格だったが、大変な勉強家でもあった。三年間の在任中、書物を買いこみ、ワシントンの公使館で毎日読書にふけったという。アメリカ人と会う時は、政党についての質問ばかりした。時たまニューヨークに来て、市議会の研究をする。公使の仕事はそっちのけだったが、当時、日米間にさほどの大問題はなく、それですんでいたのである。

アメリカに来る日本人には、若者ばかりでなく高官にも、異色の人物が多かった。

フェアチャイルドの別荘は、ニューヨークの北、ボストンにちかいニューポートという避暑地にあった。夫妻はいずれもハーバード大学を出た人で、立派な人だった。星は上流社会の生活に接することができた。二回目であり、仕事ののみこみは早い。コロンビア大学の学生ということで信用もされ、星もよく働き、便利がられた。

その別荘に、フェアチャイルド家の親類の婦人がとまりがけで遊びに来たことがあった。彼女が帰る時、家人たちが駅まで見送りに行く。星も荷物を運んでいった。

その婦人は別れる時、滞在中に世話になったお礼の意味もこめて、星にチップとして一ドルくれた。しかし、星は辞退し、押し問答のあげく、とうとう受け取らなかった。あとで、フェアチャイルド夫人にこう言われた。

「おまえは、なぜ、すなおにチップを受け取らなかったのです。あのかたも困っていました。返したりするものではありません」

「わたしは、この家にやとわれ、給料をいただいて働いているのです。ここへのお客さまの送り迎えは、仕事の一部だと思っています。ですから、そのうえ、お客さまからいただくいわれはありません。わたしの母は、意味のないお金を他人にもらってはいけないと、いつもわたしに教えました。それに従っているのです」

「そういう考え方もあるのですね。感心しました。そんな気持ちで働いていてくれるとなると、給料を多くしなければいけないかもしれませんね」

フェアチャイルド家の人たちは、みな親切な人で、星の働きぶりをみとめてくれた。この一夏の働きで、大学の一年間の授業料をかせぐことができた。昨年の夏より収入がよかったわけである。

日本にその習慣はないが、アメリカはチップの国で、渡す方も受け取る方も、当然のこととしている。星はその常識を破ることで、自己の存在を他人に認識させた。計算もあっただろうが、なにか変ったことを試みてみたいという持ち前の性格が、ここでの生活になれてくるにつれ、あらわれてきたのだった。

秋の新学期となり、星は二年生となった。授業料は払ってあるが、生活費のほうはなんとかしなければならない。星は小まめに仕事をみつけては働き、通学をつづけた。アメリカは発展をつづけており、ヨーロッパからの移住者はたえまなく流れ込んでいる。働く気があり、よりごのみをしなければ、収入は得られるという社会だったのだ。

冬を越し、春となり、明治三十一年（一八九八）の夏となる。

三回目のこの夏は、星はステキニーという弁護士の別荘で働いた。夫妻だけで、子供のいない家庭だった。もう会話には不自由なく、要領はわかっており、さらに大学で学んだ知識もある。それを活用し、裁判関係の書類の整理なども手伝った。ただの肉体労働でなく、頭脳による働きまではばがひろがったのである。一段と信用されるようになった。

夏の終りに、ステキニー夫人は星にこう言った。

「これまでいろいろな人をやとったが、おまえのようによく働いた者はいなかった。主人も感心していますよ。どうでしょう。あたしたちは夏が終るとニューヨーク市内の家での生活に戻るが、おまえもそこで働いてくれないか」

悪くない話だった。毎年、夏に授業料をかせぐが、あとの生活で苦労している。住と食とが確保できれば、こんないいことはない。しかし、学校へかよわなければならない。

「働かせていただきます。しかし、条件がひとつございます」

「言ってごらんなさい」

「給料なしということです」

「え……」

夫人はふしぎがった。相手をびっくりさせて注意をひくという方法を、星はますます好きになっていたのだ。

「わたしは大学で勉強しているのです。ですから、昼間の何時間かは、学校へ行かせていただきたいのです」

「そのことはわかっているよ。しかし、無給で働くというのと、どう結びつくのです」

ニューヨークにおいて、男の使用人の月給は四十ドル、女は十六ドルというのが相場だった。そのことが星の念頭にあったのだ。

「わたしは無給で働きます。そのかわりに、よく働く女をひとりやとって下さい。わたしの給料の半分たらずですみましょう。その女の手にあまる、頭や力のいる仕事は、わたしが睡眠時間をへらしてでも働いておぎないます。それに対する報酬は、おたくで食べさせ、眠らせていただくことだけでけっこうなのです。無給でいいというのは、それが望みだからです」

これなら、ステキニー家に余分な負担をかけないですむだろうと思っての提案だった。夫人は考え、うなずいて言った。

「いいアイデアを出してくれた。おまえにずっと働いてもらいたいのです。すぐにでも女をやといましょう」

職業紹介業者へそのことを連絡すると、アイルランド生れの移民の女がやってきた。夫人も気に入り、採用することにした。顔つきも悪くなく、よく働きそうな健康な女だった。

ニューヨーク市内のステキニー邸へ移っての生活となる。星は仕事の打ち合せをよくやり、なるべく女に負担のかからないようにしてやった。そのため、星が家にいる時、女はほとんどすることがなかった。彼女のほうも、星が無給で働いていることを知り、学校へかよいやすいようにと、昼間の仕事にせいを出してくれた。また、ステキニー夫妻も、二人の働きぶりに感心し、仕事を命じる時は無理のないように気をくばってくれた。

かくして、食事と住居が安定した。学校にもかよえる。しかし、無給なので、金銭的な余裕はまったくなかった。

ある日、ステキニー夫人は見るに見かねて、十ドルを星の前において言った。

「ここから大学まで、かなりの距離がある。それなのに、おまえは歩いて通学している。雨の降る日もそうしている。毎月これだけあげるから、電車に乗るようにしなさい。それだけの働きはしています」

「ご好意はありがたく思いますが、ここで無給で働くというのは、わたしの提案であり、お約束したことです。電車賃がなければ、歩くのは当り前のことです。だれでも、そうでしょう。わたしは健康で、歩くのは苦痛でございません。お金を受け取り、歩くのをやめては、お約束を破ることになってしまいます。わたしが勉強しているのは、立派な人になりたいからです。約束にそむくことは、向上になりません。この点をわかっていただきたいのです」

「それでは、この十ドルを本を買うのに使っておくれ」

「じつは、読みたいけれど買えない本がたくさんあります。しかし、お金をいただくわけにはまいりません。約束を破ったという気分が、わたしの心に残ります」

「辞退されては、あたしの気がすみません。なんとかして、おまえの勉強の応援をしたいのです。なにかいい方法はないものでしょうか」

ステキニー夫人は困った表情だった。星はしばらく考えてから言った。

「以前から考えていたことがございます」

「それを教えておくれ」

「日本のいろいろな新聞や雑誌が、領事館や日本人教会にとどきます。わたしもひまをみて、それを読みに行きます。そのなかには、アメリカ人にとっても興味があるだろうと思われる記事が時たまあります」

「そうでしょうね」

「そういうのを英語に訳してみたいのです。きっと、ここの新聞社や通信社に売れるでしょう。しかし、わたしの語学力は完全ではありません。そこで、いかがでしょう。わたしが英訳したものを、おひまな時にお読みいただき、ちゃんとした文章になおしていただけないでしょうか。それが売れれば、毎月十ドルいただくより、もっと大きな収入になるかもしれません。そうなれば本も買えますし、電車で通学もできましょう。こちらの支出をふやさないですみ、わたしとしてもやましさを感じないですみます」

「お安いご用のようですね。しかし、具体的にどんなふうにすればいいのか……」

「いま、見本を持ってまいります。英訳したものの、文章に自信がなくて困っていたところなのです」

星は自分の部屋から「太陽」という雑誌にのっていた、清国の愛国的で革新的な政治家、康有為《こうゆうい》に関する記事の訳文を持ってきた。ステキニー夫人はそれを読んで言った。

「これは有益な内容ですよ。星、あたしは子供の時から、さまざまな使用人を見てきた。イギリス系、スコットランド系、フランス、イタリー、ポーランド、ポルトガル、中国、インドなど、いろいろな国の人を使ったことがあります。しかし、日本人はおまえがはじめてです。本当に感心しました。涙が出そうです。こんなことは、いままでになかった。日本人がこんなに誠実で有能とは知りませんでした。英文をなおすぐらいのことは、喜んでやってあげますよ」

というわけで、星の思いつきは実現した。ステキニー夫人は、その記事の売り込みまで手伝ってくれた。新聞社の人が来ると、そばから口を出して、値を高くするよう交渉してくれた。当時は筆者に無断でこういうことをしてもよかったのである。

ちょうど、ラフカジオ・ハーン（小泉八雲）の日本についての本がアメリカで読まれ、話題になっていた。神秘の国日本をもっと知りたいという気分もあり、星の英訳文の売行きは悪くなかった。それは日本を紹介するのに役立った。

星は経済的な余裕を持て、電車で通学できるようになり、本を買う金に不自由することもなくなった。同時に、ステキニー夫人のおかげで英語の文章力も上達した。

渡米以来はじめて、落ち着いた気分にひたれるようになった。通学のかたわら、友人たちとの交際もできるようになった。当時、コロンビア大学の日本からの留学生には、田中穂積（のちの早大教授）佐野善作（のちの商大教授）名取和作（のちの帝国生命重役）桜井信広（のちの三越重役）銚子の大きな醤油《しょうゆ》業者のむすこの浜口玄之助、財閥のむすこの古河虎之助などがいた。

浜口や古河は金があり、気前もよかった。要領のいい日本人のなかには、おせじを言っておごってもらったりする者もいたが、星はそれには加わらなかった。卑屈になりたくもないし、また遊びの味をおぼえると、いままで努力して身につけた生活態度が崩れてしまう。

十一月三日、天皇の誕生日である。ニューヨークの日本領事館では毎年、アメリカの知名人や他国の領事を招いて、祝賀のパーティーを開くことにしている。そして、この年、星はその宴会の席上で演説をするよう依頼された。領事館ではだれがいいかとさがしたが、なかなか適当なのがいない。貿易会社の社員ではぐあいが悪い。留学生はどうかとなったが、語学に自信がなかったり、なにを話したものかわからなかったりで、みなしりごみした。

「星ならやるかもしれない」

と言う者も出て、星のところへ話が持ちこまれた。星が家事をすませるのを待ち、演説のやり方をぜひやりなさいと言う。そして、夜、星が家事をすませるのを待ち、演説のやり方を教え、アクセントから身ぶりまで、こまかい点まで注意し、くりかえしやらせた。

その当日、星はそれをやった。参集者は多数だったが、東京での新聞売りや、ニューヨークの行商で、度胸だけはついている。なんとか、ぶじにすませることができた。

ステキニー夫人も出席し、それを聞いてくれ、終ったあと、

「どんなできぐあいになるかと、心配でならなかったけど、ほんとにうまく話せたわ。よかったわね」

と自分のことのように、心から喜んでくれた。星の名は、日本人たちのあいだに少しは知られるようになった。

このころのアメリカ社会の特長は、人びとがそれぞれ独立心と公徳心を持っていた点である。独立心を持つばかりでなく、他人の独立心を尊重し、それに手を貸そうとする。天は自ら助くる者を助く。それが現実におこりうるのである。だから、星がそれに適応するのも早かった。面白いことでもあった。

また、公徳心のみごとさは、日本から来る者のだれをも感心させる。街かどのポストが一杯になると、四角いその上に人びとが郵便物をのせてゆくが、だれも持ち去ったりしない。それどころか、雨が降ると、たのまれもしないのに、そばの店の人がぬれないようにとおおいをかける。公園の芝生には柵《さく》もなく、立入禁止の立札もないが、子供さえ足をふみ入れようとしないし、花や葉をつむ者もない。セルフサービスの簡易食堂では、出口で食べたものを告げて支払いをするのだが、ごまかす者もいない。すぐれた社会だと、身にしみて理解させてくれるものがある。

しかし、対外的には必ずしも感心できない政策をとっていた。この年、スペインとの戦争を開始し、勝ち、キューバを独立させ、プエルトリコを領有し、カリブ海を勢力下においた。太平洋においては、フィリッピン、グアムの支配権をスペインから奪い、ハワイも併合した。

この三年前、ウイリアム・ハーストという男がニューヨーク・ジャーナルという新聞を買収した。そして、ピューリッツァーの経営するワールド紙を圧倒しようと、営業政策として、大げさな紙面づくりをはじめた。キューバ人がスペインの圧政下でいかに苦しんでいるか、極端に誇張して書きたて、部数を伸ばした。

たまたま、キューバの港にいたアメリカの船、メイン号が原因不明の爆発で沈んだ。ハースト系の新聞は、これをスペインの手によるものときめつけ、敵対心をあおりたてる。読者は興奮し、志願兵がぞくぞくあらわれる。ワールド紙も負けてはいられず、これにならい、それが世論となる。内心では戦争に反対だったマッキンレー大統領も、押えようがなく、ついに開戦にふみきった。この戦争によって、新聞の発行部数は驚異的に伸びた。

アメリカ人のひとのよさが、悪いほうにあらわれると、こうなる。星は新聞というものの持つ力の大きさを、実感させられた。

星は領事館の祝賀会での演説の成功を、郷里の父に手紙で知らせた。

この年、郷里ではまた、県会議員の選挙がおこなわれた。喜三太は出馬せず、友人の小林蔵次《ぞうじ》を立候補させ、応援した。喜三太の事業に資金を出してくれた人である。小林は当選した。喜三太は石城郡会議員のほうに立候補し、当選した。依然として錦村の村長でもある。

また、七月には高橋健三が死亡した。一月に書記官長をやめ、朝日新聞の客員に戻ったが、肺の病気のため、四十四歳という若さで世を去った。森銑三は「長生きをするには、彼はあまりにも清らかな人だったのであろうか」と書いている。

星は日本からの新聞でそれを知り、胸のつまる思いがした。尊敬できる最初にめぐりあった師であったのだ。自分がここに来られたのも、高橋のおかげともいえる。

12

明治三十二年（一八九九）になる。二十五歳。

星はコロンビア大学へかよいつづけている。財政学のセルギマン博士、統計学のメイヨ・スミス博士などについて学んだ。とくにスミス博士は星の才能をみとめ、折にふれてはげましてくれた。その期待にこたえなければと、さらに勉強にはげむことになる。

英訳したものを新聞社に売るという星の商売は、順調だった。いくらかの金がたまった。星は新聞というものに興味を持ちはじめ、自分でも新聞を発行してみようという気になった。石版刷りの小規模な日本語新聞をである。

太平洋沿岸の地方では、サンフランシスコをはじめとし、そのような新聞が何種類も発行されていた。英語のわからない日系人が多く、故国の情勢を知りたがっている。しかし、日本から新聞を取り寄せるのは金がかかる。また、在米の他の連中のようすも知りたい。そんな要求をみたすためである。

しかし、東部にはまだなかった。日系人もそう多くはない。はたしてうまくゆくかどうかわからなかったが、やってみたかった。ためしに「日米週報」と名づけ、見本として人びとに郵送してみた。出してみると、好評だった。領事館の会で演説をした星かということで、信用もされた。

「高くてもいいから、つづけて購読したい」

との反響があった。西海岸にくらべ、生活に余裕のある日本人の割合が高いのである。官庁や会社から派遣されてきている人もある。商売をして成功している人もいる。だれが、どこで、なにをしているのかというニュースがわかると、なにかと便利なのだった。

星はステキニー夫人に言った。

「いろいろとお世話になり、お礼の申しあげようもございません。わたしは日本語の新聞を出そうと思うのです。採算はとれそうです」

「なんでもやってみることです。ずっといてもらいたいが、新しい分野への挑戦をさまたげては悪い。それに専念して、きっと成功するのですよ。これからも時どき遊びに来て下さい」

星はステキニー家をやめ、小さな下宿に移り、学校へかようかたわら、それをやった。毎週一回、記事を作り、印刷し、郵送するのである。部数ものび、やがては四百部ほどになる。利益もあがった。

日本のニュースものせたし、アメリカの新聞記事のなかから、在米日本人に関連のあるものを訳してのせたし、各人の動静も知らせた。忙しい仕事だったが、肉体労働でないため、疲れるということはなかった。また、いい勉強にもなった。

順調になったのをみきわめ、星はサンフランシスコにいる親友の安楽栄治を呼び寄せ「日米週報」の共同経営者になってもらった。まもなく彼はこの仕事になれ、よき協力者になった。同じ下宿に寝とまりし、星はひるま大学へ、安楽は夜学へかよう。星が安楽のために夜食を作ってやることもあった。コーンビーフとキャベツをいっしょに煮たものである。料理となるとこれぐらいしかできなかった。

記事には日本人の消息をのせなければならない。投稿を待っているだけでなく、こちらからたずねてゆくこともある。交通機関は汽車だが、その費用を節約するため、貨物列車にもぐりこんだりもした。しかし、これはどの駅でも停車するわけではないので、おりたい駅が近づいた時、スピードがおそくなるのをみはからって飛びおりるのである。柔道を習っておいたのが、こんなところでも役に立った。

日本から知名人が来たと知ると、その談話を取りに出かける。星がニューヨークの少し北のボストンへ出かけ、新渡戸《にとべ》稲造《いなぞう》に会ったのはこの年であった。彼は星より十二歳としうえの三十七歳だった。

新渡戸は東北の南部藩の重臣の子としてうまれた。しかし、維新によって暮しは楽でなくなる。同藩の者で東京へ出て商売をしている人の養子となり、上京して英語学校に入った。少年時代はなかなかの、あばれん坊だった。以下、石井満著の『新渡戸稲造伝』を参照して紹介する。

満十四歳の時、北海道の札幌農学校に入学。キリスト教の信仰の厚いクラーク博士の作った学校である。彼は開拓精神を生徒たちにうえつけ「少年よ大志を抱け」という言葉を残してアメリカへ帰っていった。新渡戸が入学したのはそのあとだが、その校風の影響を受け、信仰に関心を持つようになった。

そこを卒業し、二年間、北海道庁につとめ、ふたたび上京。東京大学に入学し、英文学、経済学を専攻した。学問好きの性格なのであった。教授に将来の希望を聞かれた時「太平洋の橋になりたいと思います」と答えた。日米の文化の交流と調和につくしたいという意味である。

その希望をはたすため、二十二歳の時に渡米、留学。費用は養父が出してくれた。ボルチモアのジョンス・ホプキンス大学に入る。ここでクエーカー教の信者となった。

さらにドイツへ渡って農政学、統計学を学び、帰米、フィラデルフィアで同じ信者のアメリカ人女性と結婚した。二十九歳の時に帰国、札幌農学校の教授となった。その博識と名講義はたちまち評判になり、入学志望の者が各地から集った。

大学の仕事のかたわら、信仰を説き、夜学校や女子の学校を作り、教育につくした。

新渡戸は頭がいい上に、非常にまじめな性格。ひとりむすこに病死されたこともあり、ノイローゼになった。上京し、東大のベルツ教授の診察を受けると、

「当分のあいだ、日本の新聞など読まず、静養することです」

と、すすめられた。それに従ってカリフォルニアに渡り、健康の回復につとめた。明治三十一年のことである。そして、この地で『武士道』という本を執筆した。

ある外国人から「日本には宗教が確立していないそうだが、道徳教育はどうしているのか」と質問されたのがきっかけである。新渡戸はヨーロッパの騎士道と比較しながら、日本の道徳を説明し、根本は「恥を知る」すなわち名誉を重んじる点にあると論じた。そう膨大なものではないが、持てる学識を傾けた、みごとな英文で書かれた論文である。

翌年、それを出版するため、東部へ来た。星が訪問したのはその時である。新渡戸は経歴などをしゃべったあと、

「日本の開国が五十年早かったら、南洋はもちろんのこと、アメリカの西海岸にも大和民族の美しい花を咲かせることができただろうに」

と残念そうに話した。さらに、日本を発展させることについて、熱と力をこめてさまざまに語った。経済とか統計とか、その学ぶ分野が同じなので、星にはその人物の偉大さがすぐ理解できた。心から尊敬し、それからずっと師事することになる。

やがて『武士道』は出版され、日本を理解するこの上ない本として、アメリカのみならず、世界中で評判となる。

また、年末には大岡育造がニューヨークに視察旅行でやってきた。彼は長州の生れ

で、家業をつぐべく長崎の医学校に入ったが、途中でやめて上京し、法律を学んで弁護士になった。さらに「中央新聞」を発行し、その社長でもある。その一方、第一回からずっと山口県選出の衆議院議員。ジャーナリストというより、政治家のほうにむいている性格だった。顔の色つやのいい、くちびるが厚く、声の大きな人で、この時四十三歳。

星が日米週報の記事にしようと訪れると、大岡から仕事を依頼された。

「アメリカのトラストのことを調査に来たのだ。ぜひ、手伝ってもらいたい」

中央新聞の記者を二人つれていたが、いずれも経済にくわしくなかったのだ。また、次期の逓信《ていしん》大臣に有力視されている大岡は、通信や交通についての知識も得たがっていた。北方のロシアからの脅威が高まりかけており、日本は欧米の文明の吸収を急いでいたのである。

「できるだけのことをいたします」

トラストという経済関係のこととなると、星の専門である。自分の知識をふやすことにもなると思い、それを手伝った。報酬ももらえるのだ。

多くの資料を集め、整理する。また、大学の教授に紹介した。各方面の役所へ案内するということもやった。日本の政治家が来たというので、市役所はいろいろと便宜をはかってくれた。通信施設、公営私営の鉄道、港湾や船舶など、くわしく見学することができた。星がはじめて見るところもあった。

大岡は逓信省へ報告書を送るという名目で渡米してきたのだが、それもすべて星が書いた。大学でレポートを書いた経験もあり、新聞の記事も書いており、まとめるのはお手のものだった。大岡は星の才能をみとめてくれた。

星はうまれつき明るい表情をしており、年長の者に気に入られるのである。そして、仕事はきちんとやるので、便利がられる。

大岡は四カ月ほど滞在し、星をそばからはなさなかった。年があけ、明治三十三年(一九〇〇)となる。視察がひとわたりすみ、大岡は星に言った。

「本当によくやってくれた。わたしはこれからヨーロッパに渡る。パリで春から開かれる万国博覧会を視察するのだ。すまないが、いっしょに行ってくれないか。旅費も出すし、謝礼も充分に払う」

悪くない話であり、大岡はそれで星の労にむくいたいと考えたのだ。

「しかし、わたしはここの大学で勉強しなければなりません。四年生で、最終学年なのです」

辞退すると、そばで話を聞いていた三井物産のニューヨーク支店長、岩原謙三が口を出した。

「星君、いい機会だ。行ってくるべきだよ。いままで緊張のしつづけ、ここらで気分転換をするのもいい。ここの大学での勉強も大切だが、アメリカ文化の源であるヨーロッパを見るのも、一種の勉強だ。卒業を少しおくらせても、それだけのことはあると思うよ」

そのすすめで、星は同行することになった。日米週報の留守中の仕事は安楽にたのみ、大岡の一行に加わった。一週間ほどの航海で、大西洋を渡る。

イギリスのロンドンから、フランスのパリに行く。ニューヨークの巨大なビルのむれを見なれている目には、ヨーロッパの建物はどれも美しく見えた。長い歴史の裏付けが感じられ、来てみてよかったという気分になった。

やがて大岡は、ドイツ経由で帰国ということになり、そこで別れた。大岡の好意で、星は中央新聞社のパリ駐在員の辞令をもらった。記事を書いて送れば、滞在中の費用は社の負担でいいというのである。

一九〇〇年はフランス大革命から百年目に当る。また十九世紀最後の博覧会というので、フランス政府は大いに力を入れた。

万国博覧会の第一回は、一八五一年にロンドンで開かれ、鉄とガラスで作られた水晶宮という建物が話題になった。それがきっかけとなり、毎年のように欧米のどこかの都市で開催された。新製品がそのたびに出品される。十九世紀の後半は万国博覧会の時代といってもよかった。この前回のパリの博覧会の時には、フランス政府は二年がかりで、三百メートルの塔を立て、その上に国旗をひるがえらせた。エッフェル塔である。

シャンゼリゼーからセーヌ川ぞいの一画が会場で、各国の展示館が建てられ、動く歩道で見物してまわることができた。電気じかけで浮きあがる水の城もあり、巨大な望遠鏡で月をのぞかせる幻想の館もあった。美術関係では、若い画家の作品が展示されていた。評価されはじめたセザンヌの絵もあった。

夢のような世界。見てまわるものはたくさんあった。それを記事にして送ればいいのだ。フランスばかりでなく、各国の最新のものが並んでおり、書く材料はいくらでもある。

このパリで、星は新渡戸稲造と再会した。

「先生は、どうしてここに……」

「去年の暮のことだ。台湾の児玉《こだま》源太郎総督、後藤新平民政長官から、そこの殖産局長にならないかとの手紙をもらった。しかし、札幌の学校で教えたいからと断わった。役人になる気はないのでね」

「先生は学問がお好きですからね」

「そのごも、たびたび手紙でさそわれた。曾禰《そね》農商務大臣からもだ。児玉、後藤、曾禰、どの人も会ったことがないのにな」

「台湾の産業を振興させるため、先生の力を借りたいのでしょう」

「そうらしい。ことしに入ってから、後藤長官から誠意のこもった長文の電報を受け取った。この熱意に負けて、わたしは承諾した。後藤という人は面白い人物だというわさを聞いていたのでね」

「そうでしたか」

「で、条件をつけた。就任する前に、一年間、各国の植民政策、とくに熱帯産業の調査をしたいとね。それがみとめられ、アメリカからここへ来た。それならついでに、日本館の出品物の審査をしてくれとたのまれ、ここに滞在しているというわけだよ。しばらくパリにいることになる」

話しあっているうちに、ホテルにとまっていては費用がかかるから、下宿の部屋を借りて、そこで生活しようということになった。星は新渡戸の人柄に、親しく接することができた。また、この機会にフランス語を習おうと、女の教師のところへいっしょにかよったりもした。

たまたま、パリで万国新聞記者大会なるものが開催された。しかし、日本からは適当な出席者がいない。記者は来ていても、語学が充分でないのである。日本の公使館から、星に出席してくれとの依頼があった。新渡戸に相談してみる。

「どうしましょう」

「なにごとも経験だ。やってみなさい」

「日本を出てから、六年も帰国しないままです。送られてくる新聞は読んでいますし、日米週報という小さな新聞も出しています。いまは中央新聞の特派員という肩書きもあります。しかし、日本の新聞界の現状は知らないのです」

「話す内容については、わたしが相談にのってあげるよ」

下宿の部屋で新渡戸と話しあって草稿を作り、星はその会議に出席し「日本の新聞、その過去と現在」という題で講演した。英語での講演はやったことがあり、内容には博識な新渡戸の意見が盛りこまれている。成功をおさめた。出席者にくばられたそれをパンフレットにしたものは、評判になり、パリの新聞に写真入りで紹介された。

フランスの大統領は、その各国の外交官と記者たちを夕食に招待した。それに出席した日本人は、栗野慎一郎公使と星の二人だけだった。栗野は星が渡米する時、同じ船に乗ってアメリカに赴任した人である。そのことを話すと、栗野はふしぎな縁だなと言い、祝福してくれた。

フランス政府は自国への理解を高めてもらおうと、出席した記者たちに、国内および隣接の国への乗物の無料パスを与えた。星はそれを利用し、ドイツ、スイス、イタリーへ旅行し、楽しみながら見聞をひろめた。

パリへ戻ると、日本から川上音次郎と妻の貞奴《さだやっこ》という壮士芝居の一行が来ていた。博覧会めあてである。星は彼らにたのまれ、その世話もした。川上は自由民権主義者であったが、壮士芝居という社会劇をはじめ、彼の作ったオッペケペー節の流行とともに、人気が出た。星も明治二十五年ごろ、東京でそれを見ている。

川上は「芸者と武士」というのを演じた。日本刀を振りまわして切りあいをやり、血とともに作りものの首が飛ぶという場面もおりこみ、切腹までやった。観客の老婦人のなかには気を失う者も出た。いささか刺激的すぎたが、ゲイシャ、ハラキリによって、日本の存在を少しは知らせることができた。

星はいちおう見物をすませた。そして、この博覧会を日米週報の留守をまもっている安楽にも見せてやりたいと思い、呼び寄せた。夏であり、二回ぐらいは休刊してもいいのである。彼はすぐにやってきた。星はパリを案内し、記者用の無料パスをゆずった。その手続きは、栗野公使がうまくやってくれた。

「先に帰るから、きみはそれでヨーロッパ見物をしてきたらいい」

と星は安楽に言い、星はふたたびニューヨークへ戻った。港へ着くと、新聞記者がやってきてインタビューされた。フランスの新聞に星がのったからである。アメリカは文化の面ではまだヨーロッパに及ばないと自覚しているのだ。そして、写真入りで記事にしてくれた。

星はその自分の写真ののった新聞を、郷里の父母にだけ送った。今回のことは大岡育造、新渡戸稲造のおかげであり、他人に威張れるようなものではない。しかし、父母ならその写真を見て、堕落することなく活動していると知り、喜んでくれるだろうと思ったからだ。

ニューヨークでの生活がはじまる。学校、日米週報と、忙しい日々だった。

この秋、またも大統領選挙がおこなわれた。現職のマッキンレーに対し、ブライアンはふたたび挑戦し、前回は一日に十九回だった演説を、今回は二十一回にふやし、全国をまわった。しかし、やはり勝てなかった。

13

明治三十四年(一九〇一)のニューヨークの一月は、珍しく暖かかった。アメリカは限りなく発展をつづけている。エジソンの発明した蓄音機、フォードの作った自動車などの広告が雑誌のページを飾った。フォードはエジソンの会社につとめながら、その余暇に自動車の製作につとめ、それを完成させたのだった。

ニューヨークの地下鉄はつぎつぎに新しい線が作られていた。無線による船舶の出入港の状況の発信がはじまり、その時刻表が新聞にのりはじめた。ラジオとラジオ欄の芽である。

慢性的な興奮状態に人びとはひたっていた。星もそれに感染していた。ヨーロッパから戻ってきた安楽に言う。

「じつは、考えていることがあるのだ」

「どんなことだ」

「月刊のものを出したいのだ」

「いま、週刊で出しているではないか」

「いや、英文の雑誌を出したいのだ」

日米間の交流は、これからますますさかんになる。そうしなければいけないのだ。日本から多くの人が来て、アメリカに学んでいる。また、アメリカの事情は日本の新聞にのり、人びとが読んでいる。しかし、日本のことをアメリカ人はよく知らない。

それをやる必要がある。国際親善は理解の上にこそ築かれる。ステキニー夫人に手伝ってもらい、日本関係の記事を英訳し、新聞社に売ったことがあった。それのもっと本格的なもの、とくに商業や経済に重点を置いた雑誌を出したらいいと思ったのだ。日本をいつまでも東洋の神秘の国にしておいてはいけない。日本文化については、新渡戸稲造が『武士道』を出し、多くの人に読まれ、日本への理解に役立っている。それをさらに進めたい。日本の産業の発展、貿易の拡大、そういう具体的なことの役に立つ仕事をしたいのだった。それにはまず、アメリカ人に正確な情報を提供しなければならない。

しかし、安楽は慎重な性格だった。

「目的はいいよ。だが、やるからには成功させなくてはならない。反対はしないが、よく検討してからにしよう。それには資金もいる。この日米週報で利益をあげ、ある程度の準備ができてからにしよう」

「それは、もちろんだ」

「それに、星君はそろそろ卒業論文にかからねばならないのだろう。その目当てがついてからにしては……」

「それは、もうとりかかっているよ」

大岡育造に依頼されて、星はトラストのことを調査した。それをさらに深く検討し、まとめ、論文にしようというのだった。

当時の日本人留学生の多くは、日本に関連したことを卒業論文にしていた。書きやすいし、採点する教授たちのほうもよくわからないので、なにかと有利なのだった。しかし、星の性格として、それでは面白くない。

その結果、及第しなかったとしても仕方がない。星は「アメリカにおけるトラスト」という題の論文作成に努力した。

アメリカのトラストは、一八八〇年ごろから発達の一途をたどっている。ある金融グループが株で企業を支配し、その製品の市場を独占するのである。ロックフェラーの石油がそうだし、一八九一年にはアメリカ砂糖会社ができ、砂糖生産の八十五パーセントをその一社がにぎった。

この傾向に反対する動きもあり、一八九〇年にシャーマン反トラスト法というのが成立した。企業の合同、共同謀議による市場の独占を法律違反としたのである。しかし、この法律は実効をあげず、ロックフェラーは社会事業に惜しげもなく金を出して評判をよくし、トラストはさかんになる一方。アメリカという国の体質に、むいているようでもある。プラスの面もあるかわりに、マイナスの面もある。星はここに興味をいだいたのだった。

それを書きあげて提出。すぐれた内容とみとめられ、六月、星はコロンビア大学を卒業し、マスター・オブ・アーツの学位を得た。ついに宿願をはたしたのだ。日本を出る時に夢み、心に誓ったことがここに実現した。

しかし、これでいいという気分にはなれない。なにかをなしとげると、さらに困難なことへと挑戦したくなるのが星の性格だった。

安楽を相手に祝杯をあげる。しかし、それは英文雑誌発行の相談会になってしまった。

誌名は「ジャパン・アンド・アメリカ」ときまった。

メイル・アンド・エキスプレスという高いビルが、ブロードウェイの二〇三番にある。なかには新聞社がいくつも事務所を持っている。星はその八階に事務所を借りた。ニューヨークで最もにぎやかな場所で、市役所のそば、金融の中心地ウォール街も近い。せまい部屋だが、いい場所を選んだほうが有利と考えたからだ。日米週報もここで発行しつづけることになる。

星が経営の責任者、すなわち社長である。二十七歳の時であった。安楽が経理全般を担当する。サムスというアメリカ人を主筆としてやとった。日本人の留学生も三人ほどやとう。ときどき交代があるが、篠原実（のちの釜山日報社長）玉木椿園（のちの三井物産調査課長）中村嘉寿（のちの代議士）などは、留学中この仕事を手伝った人たちである。

そのほか、若いアメリカ女性を二人、事務員として採用した。小規模ながら、希望にみちた出発である。

記念写真をとり、星はそれを郷里に送った。父の喜三太はそれを見て、アメリカ女性と結婚したのかとまず驚いたが、同封の手紙を見て事情を知った。字の読めぬ母のトメは、その写真をいつまでも眺めつづけだった。東京さえ知らないトメにとって、ニューヨークはまったく別の世界である。しかし、そこにうつっているのは成長したむすこの姿だった。

星はこの仕事にとりかかる時、ニューヨーク生命保険会社に行って、五千ドルの保険に加入した。事業をはじめたからには、負債もできるだろう。生きていれば働くことによって返済が可能だが、万一、中途で死亡することだってないとはいえない。しかし、この保険に加入していれば、債権者に迷惑をかけないですむと考えてだった。

かくして「ジャパン・アンド・アメリカ」は八月に発刊された。九月には第二号。意気ごんでスタートしたわけだが、この運営がいかに容易ならざることかを、たちまち思い知らされることになる。

日本で日本人を相手に雑誌を出すのならまだしも、人情風俗のまるでちがうニューヨークでそれをやるのである。事前に検討をしたとはいえ、それは机上でのこと。星にとってははじめての事業である。予想もしなかった事態がつぎつぎにおこる。代金の回収がなかなかつかない。部数が伸びない。アメリカ人にとって、日本はまだ、とるにたりない国なのだ。

つみたてておいた日米週報の利益も、たちまちへってゆく。みこみが甘かったことを思い知らされた。肩書きは社長であるが、星はいままでと同じ耐乏生活をつづけなくてはならなかった。

しかし、雑誌を出すことには喜びがある。また、日米相互の理解のためになるとの使命感もある。廃刊する気にはなれなかった。新しい苦労の日々がつづきはじめた。

取材のために、首都のワシントンに出かけることも多かった。日本の公使館へ行き、経済統計の資料を入手するのである。ワシントンは公園のような都市で、ニューヨークにくらべすがすがしい気分になる。汽車を利用すればそう時間のかからない距離にある。

その中間に、フィラデルフィアという都市がある。そこで下車してみたこともあった。ここには日本人びいきの未亡人がいて、月に一回、日本人たちを招いて食事をするのを楽しみにしているという話を耳にしていた。

この都市にはクエーカー教徒が多く、道徳的な気風が強く、低俗な娯楽場のたぐいはほとんどない。

かつて新渡戸稲造は、留学中に日本についての講演をしてまわり、学資をかせいでいたことがあった。この地で講演したあと、当時、日本留学生から慈母とあおがれていたほどの親日家のモーリス夫人の家に招かれた。そして、そこでメリー・エルキントという若く美しい女性と知りあい、結婚にまで発展したのである。

フィラデルフィアは、幕末に日本からの使節がはじめて渡米した時、パナマまわりで船に乗り、上陸した地である。そのため、日本人に好意を持つ人が多かった。星が下車してみる気になったのも、むりもない。日米週報にのせる記事が書けるだろう。そして、その未亡人の家での日本人の会合で、星はひとりの青年と知りあった。野口英世《ひでよ》という名で、年齢は星より三つ下。福島県の出身だという。野口は会津で、星は石城、かなりはなれてはいるが、異国においては同県人となると一段となつかしい。しぜんと東北なまりが口から出る。これほど親しみをますものはない。

「ぼくの下宿にとまって行け」

と野口が言い、星もついて行く。おせじにも立派な部屋とはいえないが、大きなダブルベッドがあった。家具のたぐいは、ほかにない。

野口はこの前年の末に、ここのペンシルバニア大学へやってきたのだ。学生としてではない。医学部の助手としてである。なお、この大学は凧《たこ》をあげて雷が電気であることを証明した科学者、また政治家でもあったベンジャミン・フランクリンの創立した学校である。

会津の野口家は中流の農家だった。だが、幕末ごろになっておちぶれはじめた。あととりの男がなく、娘のシカが佐代助というむこ養子を迎えた。そして生れたのが、英世である。

この佐代助という父は、だらしがなくて仕事のできない男で、一家はさらに貧乏となった。シカはひたすら働かなくてはならなかった。シカが畑仕事に出た留守の時、満二歳の英世がいろりに落ちて左手に大やけどをした。医師にかかる余裕もないまま、手は棒のようになり、指がひろげられなくなってしまった。

野口は小学校で勉強する。その卒業試験の時、視学官としてやってきた小林栄という高等小学校の先生に優秀さをみとめられ、学費を出してもらって、その上級校にかようこととなった。手が不自由なため、学問で身を立てる以外にないと知り、はげんでいい成績をとった。

その卒業のまぎわ、渡部鼎《かなえ》という医者の病院で手術を受け、いちおう手らしい手に戻った。もっとも、みにくいことに変りはないが。

その体験によって、野口は医者になろうと決心し、その病院に住みこみ、医学の修業をした。たまたま、旅行でここへ寄った東京の歯科医、血脇守之助が野口をみどころのある青年とみこんだ。そのつてで上京、済生学舎という私立の医学塾に入学。血脇のせわで、働きながら、借金しながら、医師の資格をとった。野口は大変な勉強家であり、また語学の才能にめぐまれていた。

明治三十一年、二十一歳で伝染病研究所に就職。東大出でないためいい地位は与えられなかったが、翌年、アメリカからフレキスナーという医学者がここを見学に来た時、英語ができるということで通訳をつとめた。

「いずれ渡米して、さらに勉強したいと思っています。その時はよろしく」

「がんばりたまえ、力を貸すよ」

ただのあいさつだったが、野口はそれをたよりに、借金で旅費を作り、ペンシルバニア大学のフレキスナーのところにころがりこんだ。明治三十三年の暮のことである。

この時の所持金が二十三ドル半。助手の職につき、血のにじむような研究生活をはじめていた。報酬は月に二十五ドルで、楽ではない。

ダブルベッドに腰をかけて二人は話しあった。野口が星に言う。

「ニューヨークで新聞をやってるのか」

「ああ、日米週報というのをね」

「じゃあ、景気もいいだろう。金を貸してくれないか。去年の暮にここへ来て、まだ地位があがらない。食うのがせい一杯なんだ」

「食えりゃあいいよ。ぼくなんかアメリカへ来た時は、食うや食わずのこともあったよ。しばらく前だったら、貸せただろうが、いまはだめだ。英文の雑誌をはじめたため、こっちが借りたいくらいだよ」

星の服は、いつ作ったのか見当もつかないほど古ぼけている。それを見て、野口はあきらめた。星が言う。

「日米週報の記事にするから、きみの研究室を見せてもらおうかな」

「いいとも」

野口がフレキスナーの研究室を案内する。

「それが顕微鏡だ」

「なるほど……」

のぞきこむ星に、野口がからかうような口調で言う。

「これは驚いた。新聞なんかやめて、医学者になれよ」

「なぜだ」

「たいていの人は、左目をつぶって右目でのぞきこむ。専門家は両目をあけたままだ。左目でのぞき、それを右の目で紙にスケッチする。いつそれをおぼえたのだ」

「医者だけあって、観察が鋭いな。ひとには話したくないんだが、じつは、子供の時に右目に矢が当り、左の目しか見えないんだ」

それを聞いて、野口は驚いてわびた。

「そ、そうとは知らなかった。すまないことを言ってしまった。片目とは、どんなに不便な毎日だろう」

「なんとかなれてしまっているよ……」

仕方のないことだし、片目の不便さは他人には理解してもらえないことなのだ。

「きょうはここへとまって行けよ」

野口は星をひきとめた。野口は自分の左手の大やけどのあとを、いつも気にしている。子供のころは「手ん棒」とからかわれた。手術で動くようになってからも、他人に変な目で見られる。そのたびに、なにくそと思い、それが努力につながっているのだった。

知らなかったとはいえ、他人のからだの欠点をからかってしまったのだ。いまは目立たないとはいえ、目が傷ついた時は星もからかわれただろうと想像し、野口はさらに打ちとけた。二人は郷里の話をした。野口は自分の母がいかに勤勉家か話したが、父についてはふれなかった。

また星は、自分の体験で知ったアメリカ人気質を話した。この国では、まず、がんばってみることだ。すると、応援してくれる人があらわれる。そういうところなのだと。

これを機会に、星はワシントンへ行くたびに、フィラデルフィアでおり、野口の下宿にとまるようになった。ある夜、ベッドでいっしょに眠っていて目をさますと、野口がとつぜん起き、服を着て出かけようとしている。

「どうした。ねぼけたのか」

「きみは寝ててくれ。研究室へ行って、測定をやって、すぐ帰ってくる」

翌朝、その研究室へ行ってみる。ウサギに病原菌を注射し、しりに体温計を入れ、その熱の経過を測定していたのだと知った。

野口は金銭についての計画性が欠けていたが、それだけに、なりふりかまわず研究に熱中した。一日一日が戦いの気分なのである。彼がへたに先の見える性格だったら、有名への道はたどれなかっただろう。

14

「ジャパン・アンド・アメリカ」の二号を出した九月の中旬、まだ暑さの残る日であった。星が新聞を見ていると、日本から杉山茂丸がニューヨークに来ているという記事が出ていた。フィフスアベニュー・ホテルに宿泊しているとのことだ。

なつかしさのあまり、たずねていってあいさつをした。

「しばらくでございます」

杉山はしばらく見つめてから言った。

「お、星ではないか。鼻の下にひげなどをはやしているので、すぐにはわからなかった。ずいぶん大きくなったな。どうしているかと、気になってならなかった。あれから何年になる」

「はい。日本を出てから七年になります。わたしと前後して渡米した、先生のご親類の安田作也がサンフランシスコで死去いたしまして、残念でなりません」

「あれは本人の不注意だから、いたしかたないよ。これまで、なにをしてきた」

「自分の苦労話など他人にすべきではないでしょうが、ほかならぬ先生のことですから……」

星は話した。杉山は自分でしゃべるのも好きだが、他人から話を聞き出すのもうまい。これまでのことを、星はくわしく話した。のちに杉山はこれを文章にまとめ『百魔』という本に収録したのである。

「よくがんばったものだな」

「東京でうかがった、先生のご注意をまもってきたおかげです。先生は、アメリカははじめてですか」

「四年ほど前にも来たよ。ニューヨークの近くで、がけ崩れのため列車がハドソン川に沈んだという事故があったろう。通訳の者が急病にならなかったら、あれに乗るところだったよ」

「幸運でしたね。あの事故のことは知っています。わたしがニューヨークに来た次の年で、学資かせぎに苦しんでいた時でした」

「乗客名簿にわたしの名がのっていたので、当時の駐米公使の星亨が心配してくれてね。館員に命じて安否を調べ、杉山は無事との電報を打ってくれた。だから、日本では事故の報道よりそれが早くとどくという、妙なことになったものだ。彼は反対派の新聞に攻撃され、この六月に東京で暗殺されたがね、こういう親切な一面もあった」

「わたしは同姓で、いくらかとくをしたこともあったようです。で、今回おいでになったのは、なんのお仕事でです」

「首相の桂《かつら》太郎にたのまれてね、日米間の経済問題をより発展させようと……」

官職につかぬ浪人ではあるが、こういうことを依頼されるだけの信用が杉山にはあったのだ。大柄で陽性だが、国際情勢や経済問題にも精通している。

「でしたら、お手伝いさせて下さい。わたしもその分野を学びました。そのための英文の雑誌を出しはじめたところです」

　星はその雑誌を出して説明した。

「こちらこそ、ぜひたのみたいよ。日本の将来は産業の振興にかかっている。そのためには資金がいるのだ。桂首相はロシアとの戦いは避けられないと思っている。わたしも同じ意見だ。シベリア鉄道の建設の急ぎ方を聞くと、ただごとでない。それへの対策としては、国力の充実が先決なのだ……」

　その日は話がつきず、夕食をともにしたあとも語りあい、時計を見ると午前二時になっていた。杉山はすすめた。

「ここにとまっていかないか」

「豪華な部屋にとまっては、悪い癖がついてしまいます。また、あしたまいります」

　杉山に見おくられ、星は歩道の上に靴音をひびかせ、夜の街を帰っていった。

　それから、毎日のようにやってきて、杉山の仕事の手伝いをし、街の案内をした。死んだ安田の身代りという気持ちでつくした。

　三日ほどすると、杉山はホテルのボーイからこう注意された。

「あの星というお客さまがみえると、支配人が顔をしかめます。靴によって、じゅうたんが傷つけられますので」

杉山がつぎに会った時に星の靴を見ると、犬の頭のような形の、大きく重いのをはいている。それだけならまだしも、裏に蹄鉄《ていてつ》を打ちつけてあった。靴の底のへるのを防ぐためである。

杉山は星を連れ出し、流行おくれの製品ばかりを安く扱っている商店へ行き、丈夫そうな編上げ靴を十足買って与えた。

「きみはすべて独力でやってきた。だから、その縞柄《しまがら》もわからぬほどよごれた洋服は、その主義のあらわれであって、うらやましい限りだ。だから、服を新しくしろとは言わない。しかし、その靴については、ホテルから抗議が出て、わたしの問題にもなっているので、おくり物として受け取ってくれ。この十足をはきつぶすまで歩きまわって、仕事をしてくれ」

「ありがとうございます」

ちょうどそのころ、マッキンレー大統領が無政府主義者に暗殺された。突発的な事件で、官庁の事務がとどこおった。杉山も滞在をのばさなければならなかった。後任として、副大統領だったセオドア・ルーズベルトが就任した。

翌月の十月十七日、伊藤博文が日本からニューヨークに到着した。世界一周の途中である。初代の首相であり、そのごも何回か首相となった、すぐれた政治家。この時、六十歳であった。

杉山は伊藤とも親しく、星を連れてあいさつに行き、星を紹介した。

「この青年は、働きながらコロンビア大学を出た者です。アメリカの事情にくわしい。しかし、悪ずれしていず、性質が純真で、努力家で、情にも厚い。ご滞在中、お使いになってみませんか」

「きみが推薦するのなら、使ってみよう」

伊藤は尊大なところがなく、気さくだった。星はあいさつをし、渡米の目的を聞いた。つぎの日、それに関連したアメリカの新聞の切抜きをそろえ、参考資料として差し出した。伊藤は気に入り、星をそばからはなさなかった。

伊藤の滞在は短期間だった。『伊藤博文公年譜』には、こうある。

十月二十日、ワシントンへ。二十一日、新大統領と会見。

星はすすめてフィラデルフィアで下車させ、ペンシルバニア大学の見学を進言した。その内部の案内は野口英世にまかせた。

二十三日、エール大学二百年祭に出席、名誉法学博士の称号を受ける。

星はそのあいさつの言葉の草稿も作った。

伊藤は星のやっている英文の雑誌「ジャパン・アンド・アメリカ」が非常に有意義な仕事であるのをみとめた。アジアの状勢がどう変化するにしても、日米協調は必要である。それは現実的な相互理解の上にこそ築かれる。

星がその経営の苦しいことを話すと、伊藤は言った。

「それは大変なことだろう。そういう事業は、利益をあげようとしてもむりだ。本来なら国がやるべきものである。いままでやらなかったのが、まちがいだった。よく手をつけてくれた。わたしはヨーロッパをまわって帰国するから、そのころ日本に来ないか。外務省へたのんで、その雑誌への補助金を出させるから」

「ありがとうございます。なんとお礼を申しあげたものか……」

予想しなかったいい話だった。できれば独力でつづけたいが、三号目を出してみて、経営のむずかしいことは、身にしみて感じている。ほっとする思いだった。これは、杉山が星の窮状を見かねて、伊藤に依頼してくれたおかげである。

伊藤は杉山と二人になった時、こう話した。

「アメリカに来て何人もの留学生に会ったが、あの星のようにまじめで、面白い青年はない」

「どうです。わたしの保証した通りだったでしょう」

「青年のおちいりがちな欠点がなく、みどころがある。従順でありながら、意志が強く、熱意があって危険性がなく、怠惰なところがなく努力家だ。政府で使ってみたら、いい地位に進めると思う。きみ、役人になるよう、すすめてくれないか」

「星をおほめいただき、ありがとうございます。しかし、彼はアメリカ的な精神を身につけておりますので、役人などにはなりたがらず、独力でなにかをするほうを選ぶでしょう」

「そうかもしれないな」

「ところで、いま星をおほめになった条件なら、わたしもそなえております。まず、わたしに官職を与えて下さいませんか」

と杉山が言うと、伊藤は大笑いしながら、ソファーの上にひっくりかえった。

「とんでもない。きみの性格は、横着にして頑固、むちゃくちゃで危険性があり、とんでもないことをやりたがり悪ふざけが多い。むかし、わたしを殺そうとしたことだってあったではないか。きみを官職につけたら、火消し役をそばにおいておかなければならない。いつ床下が火事になるかわからぬものな」

「そういうことです」

と杉山も大笑い。伊藤は話題をまともなことに移した。

「きみはアメリカで産業資金を調達しようとしているが、むりだと思う。ロシアと仲のいいフランスでやったほうがいい。わたしがこれから行って、下交渉をやっておくから」

「ご好意はありがたいが、まず、この地で努力してからにします」

伊藤のこの旅行の最終目的地は、ロシアだった。当時、日本の最大関心事は対ロシア問題だった。伊藤は日露協約派。話しあいによって、なんとか衝突を避けようという考え方だった。自分で乗り込み、その取りまとめをしようとしていた。

一方、それに対して日英同盟派があった。ロシアの南下政策は真剣である。英国と結んで阻止する以外にないとの主張である。桂内閣の方針がそうであった。杉山もまた同様。

伊藤と親しく談笑しているが、はらのなかでは別のことを考えている。杉山はなかなかのくせものでもあった。

伊藤はまた星のことに話を戻した。

「あの星のことだが、資料を内ポケットから出すのを見ると、服の裏がぼろぼろだった。洋服代にと渡してくれ」

と二百ドルというまとまった金を出した。杉山はそれをあずかり、二十六日に伊藤が船でフランスへむけて出発したあと、星に渡した。辞退しようにも、まにあわない形にしたほうがいいと思ったからだ。

星はそれを受けとった。伊藤のさまざまな配慮がありがたかった。しかし、洋服は買わず、その金は雑誌のほうにつぎこんでしまった。なにしろ経営が苦しいのだ。

ヨーロッパに渡った伊藤博文はフランスをへてロシアの首都ペテルスブルグに行き、日露間の緊張をやわらげようと会談をはじめた。この時の駐露公使はフランスから転任となった栗野慎一郎であった。

しかし、日本の内閣は日英同盟を急ぎ、大陸に多くの権益を持つイギリスは日露に手を結ばれてはと、それに応じる態度を示した。同盟の内容は、日英のどちらかが二カ国以上と戦う時は、他も参戦の義務をおうというものである。ロシア側に加わって戦う国の出るのを押える効果を持つものだ。

そういう情勢の変化を知り、伊藤はがっかりし、イタリーをまわって日本へ帰った。そして、翌年の明治三十五年の一月、日英同盟が成立した。もし伊藤の構想が実現していたら、日露戦争はもう少し先にのびるか、避けられたかもしれない。そのかわり、大陸を舞台に日英間の対立が激化することになったかもしれない。

杉山は「へそを突ついたら、屁《へ》が出た」と皮肉まじりで形容した。伊藤がペテルスブルグを突ついたので、日英同盟の成立が早められたという意味である。しかし、内心は笑いごとではない。強大国のロシアとの関係が一段と険悪化しはじめたのである。

杉山はアメリカの財界と交渉し、資金導入のめどをつけた。その受入れ態勢として、産業育成のための特別な銀行を作ったほうがいいのではないかと星は提案し、杉山もそれに賛成した。後日談になるが、この件は、そんな低利の金が入ってくると商売があがったりになるという既存の銀行の反対にあい、見送りとなる。しかし、のちに産業育成の銀行として、興業銀行が設立されるに至る。

杉山はアメリカで年を越した。明治三十五年（一九〇二）となる。彼は星に言った。

「わたしの仕事も一段落した。そろそろ帰国することにする。この機会に、わたしの意見をのべておく。青年はメトロポリス・シック、つまり首都病というものにかかりやすい。にぎやかなところにいたがり、故郷の父母のことを忘れてしまうのである。きみは毎月のように父母に手紙を出しており、その患者ではないようだ。雑誌の発行も大切なことだが、たまには帰国して、父母を安心させたほうがいい。大学も出たことだし、渡米してずいぶんになるだろう。雑誌がいちおう軌道に乗ったら、あとは他人にまかせて、日本へ戻ってなにか仕事をしたほうがいいのではなかろうか……」

杉山は自分の体験を話した。福岡から上京し、若さにまかせ政治関係のことに熱中した。ある時、官憲に追われてくにに逃げ帰り、その時に父母の老い方を見て、反省したというのである。

しばらく考え、星はうなずいた。

「おっしゃる通りです。この地へ来たのは、アメリカ人になるためではありませんでした。この国で学んだことを日本で活用するよう、人生の計画を立ててみます」

「そうしなさい。じゃあ、元気でな」

杉山は星に送られ、西部への汽車に乗り、帰国の途についた。

しかし、この時の星は、将来の人生どころでなく、目先の雑誌の発行に追われっぱなしだった。原稿を依頼し、集め、自分でも書き、印刷にまわす。新しい号が出るのは楽しいが、紙代、印刷代、人件費など費用がかかる。そして、収入はそれに見合わない。赤字がふえてゆく。計画を立て、努力してその通りに実行するのが好きな星の性格も、こうなっては効果をあげない。

どこかから金を借りなければならない。

コロンビア大学の二年目の夏休みに、フェアチャイルド家で働いたことがあった。銀行の経営者である。星は思いあまって、その銀行へ相談に出かけた。夕食に家へ来いという。夫妻は星を歓迎してくれた。

「そのご、なにをしている」

「おかげさまで、コロンビア大学を卒業し、いま、このような雑誌を出しておりますが、資金のほうが……」

雑誌を進呈し、やっていることをくわしく話した。夫妻は大いに同情してくれた。しかし、担保になるものがない。伊藤博文の、外務省に補助金を出させるという口約束しか、返済のあてがないことを話した。

「それでいい。きみという人物をみこんでの約束だろう。社会は信用で成り立っている。用立ててあげるよ」

フェアチャイルドは三百ドルの小切手を書いて貸してくれた。やっと、ひと息つけた。

しかし、それでことがすむわけではない。慢性的な赤字への対策を立てなければならない。なにはともあれ、いったん日本へ戻り、外務省の補助金をもらってこなければならない。星は旅行の準備にかかり、安楽たちと留守中のことの打ちあわせをやった。

新聞と雑誌を発行し、鉄道や汽船の会社の広告をのせていたため、交通機関の無料のパスをもらうことができた。これはありがたかった。

鉄道でサンフランシスコへ。そこで、かつてスクール・ボーイとして働いていたアペンジャー家にあいさつに寄る。いろいろと歓待され、星の大学卒業を心から喜んでくれた。また、安田作也の気の毒な事故の話をくわしく聞くことができた。

そして、シベリア丸に乗船。所持金はわずかしかないが、無料パスのおかげで一等船客となれた。渡米の時とちがい、ゆったりした快適な船室である。東大総長の柳沢政太郎、銀座天賞堂の江沢金五郎なども同じ一等船客だった。

船はなつかしの日本に近づく一方である。星の心ははずんでいた。

航海中、三等船客の婦人が出産するというできごとがあった。新聞はお手のもの、星は船内ニュースとして記事を書き、各甲板にはりつけた。退屈している乗客たちは大喜び。船長が命名式をおこない、にぎやかな行事となった。お祝いを募集したら、百ドル以上もの金が集った。

横浜へ着く前日、一等船客たちは相談して、中国人のボーイに五ドルずつチップをやることにきめた。船賃は無料でも、チップはべつである。しかし、星は四ドル九十セントしか持っていない。仕方がないので、四ドルだけ渡しておいた。

　そのあと、江沢が星に言った。

「ついでだから、きみのぶんのチップも立て替えて、まとめて渡しておいたよ」

「その必要はなかった。ぼくはさっき渡した」

　江沢がボーイを呼んで言う。

「おまえは、この星さんから、すでにチップをもらっているそうではないか」

「はい、いただきましたが、四ドルでした。それは特別のチップかと思いまして」

　江沢が星に聞く。

「なんで四ドルを渡したのだ」

「それしかなかったので」

「ふしぎなやつだな、きみは。船内で百ドルもの募金をしながら、当人が一ドルの不足に困っているなんて。ニューヨークで新聞と雑誌をやっている一等船客だというのに」

「そんなとこが、ぼくの特色で……」

　星が頭をかくと、江沢は笑い出した。

入港。八年ぶりにふむ日本の大地である。季節は春。アメリカとちがって、日本の空気はやさしく、こころよかった。

星の所持金は九十セント。日本金に両替すると、一円数十銭。杉山には電報で帰国を知らせてあったのに、知人はだれも港に来ていない。九十セントを残しておかなかったら、東京まで歩かなければならないところだった。汽車で新橋まで行く。

杉山が事務所がわりに利用しているのは、芝の信濃屋という旅館である。そこへ行ってみる。杉山は星を見て驚いて言う。

「だしぬけに帰ってきたな。知らせてくれれば、若い者を迎えに出したのに」

「電報を打ったはずですが」

「あ、あれか。シベリアで帰るとあったので、これはすごいと期待していたところだ。シベリア鉄道の建設状況を知りたいからな」

「シベリア丸という船のことですよ。丸を節約したのです。なにしろ、雑誌発行のためには、わずかな金も貴重なのです」

杉山はからだをゆすって笑ったあと、うなずきながら言った。

「そんなにせっぱつまっているのか。まあ、しばらくわたしの向島の家にとまれ」

杉山とあれこれ相談し、星は伊藤博文を訪れた。伊藤は星を外務省に連れてゆき、小村寿太郎外務大臣、珍田捨巳次官に紹介した。珍田とはかつて、サンフランシスコで一回だけ会ったことがある。

そんな縁もあり、伊藤の口ききということもあり、外務省は補助金の支出に好意的だったが、八月の定時総選挙のあとでなくては、むりだとのこと。桂内閣は衆議院に人気がなく、承認がえられないのである。

珍田次官は言った。

「そのうち、きっと支出する。日露間が緊迫しているので、アメリカの対日感情をよくする必要があるのだ。ニューヨークの正金銀行か、森村絹糸会社に手紙を出し、予算がきまるまで立て替えてくれるよう依頼するから、それで当面をしのいでくれ」

「よろしくお願いします」

とりあえずそれを進行してもらうよう、星はたのんだ。

15

さて、いよいよ帰郷である。星は電報を打ち、汽車へ乗った。かつては部分部分しか通じてなかった鉄道が、明治三十年に上野から平までつながり、常磐線となって完成していた。

思い出の深い景色が目に入る。しぜんと胸がときめいてくる。植田駅でおりる。渡米しているあいだに、ここにも鉄道が敷かれ駅ができたのかと、八年という年月をあらためて感じさせられた。時刻は夕方だった。

親類や知人たちが数十人、手にチョウチンを持って出迎えのため、駅の前に集っていた。ニューヨークの電灯のまばゆさとはくらべものにならないが、チョウチンの光には心にしみこむものがある。

星はまず、父にあいさつをした。喜三太は錦村の村長であり、郡会議員。人が集ってくれたのは、そのためでもあった。

みなとともに、家へむかう。あたりはさらに暗くなり、ちょっとしたチョウチン行列であった。家の前では母が立って待っていた。かけよって手をにぎりあう。

「いま帰りました」

「よく帰ってきたね」

それ以上の言葉は不要だった。この時、星は二十八歳。父の喜三太、五十五歳。母のトメは五十三歳。

妹のアキは二十六歳。一回は結婚したのだが、気の強い性格で、自分からその家を出て、いまここにいる。弟の三郎は東京商業の学生で十八歳。春休みで帰郷していた。すでにセンという女性と結婚している。

センは二十九歳。平で料理店をやっている人の娘で、星と同じ時に平の授業生講習所にかよった。しっかりした頭のいい女性である。星の婚約者にという話もあり、センもその気だったが、星はアメリカに行ってしまった。しかし、そんなことで星家とつきあうようになり、ずっととしした弟の三郎と結婚したのである。

その夜は、家じゅうのふすまを取り払い、大宴会が開かれた。羊の皮にラテン語で書かれたコロンビア大学の卒業証書を床の間に飾る。村の人たちは、それを珍しげに眺めた。

喜三太はきげんよく酔い、酒をつぎつぎに出させて、みなに飲ませた。毎月の手紙によって、財産を作っての帰郷でないことを知っている。来客たちに食べさせ飲ませ、にぎやかなお祭りに仕上げるのがいいと考えたからだ。

めでためでたの　若松様よ
枝もナーエ　栄ヨーイゆる
葉もしげ　繁るよナーエ

歌は夜おそくまでつづいた。

つぎの朝、母は小声で聞いた。

「近所の人にくばる、おみやげはないのかい」

「それが、ないのです。あの卒業証書と、健康なからだだけがみやげです」

と答える星の内心は苦しかった。出発の時には、多くの人からせんべつをもらっている。みやげ物のあったほうがいいのはわかっているが、それを買うお金さえない状態だったのだ。

しかし、喜三太の配慮による昨夜の豪勢な宴会で、みやげのないことへの不満は、だれも口にしなかった。みなといっしょに、近くの丘の上にある神社に参拝する。むかし遊びまわった一帯が、目の前にひろがっている。少年の日のことが心によみがえる。

数日間を自宅ですごした。父母は星に言った。

「おまえは立派に成長して帰ってきた。アメリカの大学のことはわからないが、なにかを学んできたことはわかる。やってみたいことが、いろいろあるにちがいない。いつしょに暮してもらいたいが、ここでは腕のふるいようがないだろう。東京へでもアメリカへでも行って、思う存分、やってみるがいい。おまえのこの帰郷で、わたしたちは満足した。あの宴会の思い出を心のなかにいつまでもしまっておくよ」

星の内心を察しての、大きな愛情だった。ここで引きとめられては、ニューヨークの雑誌がだめになってしまう。

「では、行かせてもらいます。しかし、これからはもっとしばしば帰ってきます。いままでのようにご心配はおかけしません」

星はふたたび上京し、向島の杉山茂丸の家にとまる。そこには何人もごろごろしており、ひとりぐらいふえても、どうということもないのだった。杉山は言う。

「金子堅太郎に聞いてみたが、外務省の補助金の件は、うまくないようだな」

金子とは杉山と同じ福岡出身の政治家で、伊藤博文とも親しい人である。

「はい。いくらか立て替えさせると言ってはいますが、あてにしていた金額には、まるで不足です」

「どうするつもりだ」

「ひと晩よく考えてみます」

つぎの日、杉山は星に聞いた。

「なにか、いい案でも考えついたか」

「ええ、自分で金を作ります」

「そんな方法があるのか」

星は加入しているニューヨーク生命保険会社の証書を出した。

「これを活用します。この保険会社は、自殺しても金を払います。わたしはニューヨークに戻り、ブルックリンの橋から身を投げ、みなの見ている前で死にます。そうすれば、五千ドルができ、雑誌はつづけられます」

「冗談もいいかげんにしろ。しかし、その意気ごみだけは忘れるな……」

杉山は外出し、戻って星に言った。

「後藤新平が鼻を悪くして赤十字病院に入院しているので、見舞いに行ってきた。きみの話をしたら、会ってみたいと言っている。行ってこい」

後藤新平についてふれなければならない。

彼は東北の岩手県、水沢の身分の低い武士の家にうまれた。父に早く死なれ、世は維新となり、十歳にして働かなければならなくなった。

父の知人だった水沢の県令（知事）の安場保和のところの書生となる。昼間は役所の給仕をし、夜は本を読んだ。うまれつき勉強家だったのである。『西国立志編』で発奮し、将来は医者になろう、人間の脈ばかりでなく、国家の脈をもみようと決心した。

しばらく東京で学んでから、福島県須賀川《すかがわ》の医学校に入り、病院の薬局で働きながら勉強した。なお、この地は星の生地と野口英世の生地との、それぞれ山をへだてた中間にある町である。

後藤はそこを卒業し、愛知県立の名古屋病院医学校の先生に職を得た。よくつとめ、二十五歳にして学校長と病院長を兼ねる地位に進んだ。

たまたま自由民権論者の板垣退助が岐阜に来て演説中、反対する者によって刺されるという事件があった。「板垣死すとも自由は死せず」のさわぎである。後藤は呼ばれ、落ち着いて手当てをし、板垣を感心させた。

これも偶然だが、水沢で世話になった安場保和が愛知県の知事となって赴任してきた。そして、その娘と結婚させられた。非常な美人で、後藤のほうも満足だった。なお、安場はそのあと、福岡県の知事となる。若かった杉山茂丸がそこへ乗りこみ、大激論をやったが、そのあげく親交を結ぶといういきさつもあった。安場はなかなかの人物だったのである。

やがて、後藤は東京の内務省衛生局に転じた。現在の厚生省に当る。才能をみこまれ、ドイツに派遣され、二年間学んで帰国、衛生局長となった。

日清戦争が終った時、検疫《けんえき》消毒の責任者となり、それをやった。帰ってくる兵士が伝染病を国内に持ちこむのを防ぐのである。その仕事ぶりを、陸軍の参謀長、児玉源太郎にみとめられた。

その日清戦争の勝利によって、台湾を日本が領有した。しかし、統治がうまくゆかず、諸外国にばかにされるという状態だった。第四代の総督に就任した児玉源太郎は、そこの民政長官に後藤をえらんで、すべての処理を一任した。児玉には人材を見ぬく目があったのである。

その信頼にこたえるべく、後藤は才能を発揮した。

治安の維持を軍隊から警察の手に移す。行政整理で役人をへらす。現地人を登用する。民間人の仕事のしやすいようにする。教育の普及。阿片《アヘン》吸引の風習をやめさせる計画を進める。イギリス人のやっていた樟脳《しょうのう》事業をとりあげ、専売にする。鉄道を敷き、基隆《キールン》に港を作り、農地を開拓する。台湾はみちがえるように発展しはじめていた。

後藤新平は頭がいいばかりでなく、計画を実行する能力にもすぐれていた。星が会いに行ったこの時、四十五歳。

なお、この前年の一月末、新渡戸稲造の殖産局長への就任が実現している。新渡戸は台湾で砂糖を栽培することを提案し、それが進行しつつあった。

後藤新平は病室に星を迎えて言った。

「きみか、アメリカで勉強してきた青年というのは」

「はい」

「むこうはどんなところだ」

待ってましたとばかり、星はしゃべりはじめた。後藤はヨーロッパしか知らないのである。アメリカには活気があり、進歩があり、産業が日に日に発展している。新領土の台湾を経営なさり、能率を上げたいとお考えなら、視察においでになるべきです。それだけの価値は充分にあります。

「参考になるものが、限りなくあります」

後藤は興味ぶかく聞いてくれた。

「それなのに、杉山さんの話だと、きみは橋から飛び込むつもりだとか……」

「死にたくはありませんが、やむにやまれぬ事情がありまして……」

星は雑誌のことを話した。

「そんなことをされると、わたしが行った時の案内人がいなくなる。そう早まったことはしないでくれ。そうだ、帰りにわたしの家へ寄って、食事をしていったらどうだ。

電話をかけておくから」

すすめられて後藤邸に行くと、美しい夫人が待っていて、もてなしてくれ、帰りぎわに、新聞紙に包んだものを渡された。

「おみやげですから、なくさないように」

あけてみると、五千円という大金が入っていた。民政長官ともなると、それくらいの金は自由になる。後藤は星に将来性をみとめたのである。それにしても、杉山の各方面における顔の広さと人を動かす力は、驚くべきものだ。

思いがけぬ援助に、星はほっとした。すぐにその金をニューヨークの安楽に送り、フェアチャイルドその他への負債を払い、あとは運営資金に使うようにと連絡した。

それから毎日のように、星は後藤の病室をたずね、自分がアメリカで体験し、見聞し、考えたことを話し、日本の今後についての意見をのべた。命を担保に金を用立ててくれた人に対し、その好意にむくいるのは、いまのところこれぐらいしかできないのだ。後藤は病床でひまを持てあましており、面白がって聞いてくれた。

やがて病気もなおり、後藤は台湾に帰任するとき、星に同行しないかと言った。星は喜んで承知した。

星にとってははじめての土地。気候と自然に恵まれているという印象を受けた。民政長官の官舎の一室を与えられた。

さっそく殖産局長の新渡戸のところへあいさつに行き、パリで別れて以来の話をした。

「雑誌をはじめましたが、経営が苦しくなり、後藤長官に助けていただいたのです」

「ここで再会できるとはね。いま砂糖ととりくんでいる。統計の仕事を手伝ってもらえないかな」

新渡戸はそう言い、後藤に星の人柄を保証してくれた。星はたのまれればなんでもやり、そのあいまに台湾を視察し、後藤や新渡戸にさまざまな報告と進言をした。

ここには、なんでも自由に発言できる空気があった。あまりアメリカの例を持ち出すので、後藤は星を「アメリカ人」という愛称で呼ぶようになった。それだけ親しみをいだいてくれるようになったのだ。

星は夏服を持たず、滞米中いつ作ったのか忘れたほど古い冬服だけしかなかった。内地では晩春だが、台湾はかなり暑い。上着をきるわけにいかず、いつもかかえて歩いていた。公式の時にだけ身につけるのである。そのころは、役人は必ず服を着ていなければならなかった。

「長官の官舎には、いつも服をかかえている、ふしぎな人がいる」

という評判がひろまったりした。星は服の古いのは平気だったが、よく洗濯をし、ボタンがとれたりすると、すぐにつけた。金のないのは仕方のないことだが、エチケットを守らないのは教養の不足だからである。

台湾には一カ月と少し滞在した。あまり星にすすめられるので、後藤新平はアメリカ視察に出かける気になった。

「六月ごろ行くつもりだ。アメリカ人、きみは一足さきに行って、準備をしておいてくれ」

また、新渡戸からはこんな話を持ち出された。

「星君、きみも大学を卒業したことだし、そろそろ結婚をしたらどうだ。ご両親も安心なさることだろう。いい人の心当りがあるんだが」

「新渡戸先生のおすすめになるかたなら、まちがいないでしょう。よろしくお願いします」

後藤もこの話には賛成だった。東京に戻った時、新渡戸の紹介状により、その人と会った。しっかりした女性で、星も気に入り、雑誌の件があるのですぐ結婚はできないが、いちおう婚約がきまった。郷里へ行って父母に話すと、それはいいとお祝いの金を出してくれた。星はダイヤの指輪を買って相手におくった。

その女性は津田梅子の妹で、よな子という名だった。二十二歳。

山崎孝子著『津田梅子』によると、彼女の父の津田仙は幕末に老中・外国係となった堀田正睦《まさよし》の家臣。蘭学や英学を学び、アメリカからハリスが下田に来航した時、その交渉に当った人である。そんなこともあり、梅子は明治四年、七歳でアメリカへの官費留学生に加えられた。帰国してからは伊藤博文の後援によって、女子の教育につくした。明治三十三年には英学塾を作って塾長となり、日米間を何度も往復しており、この時三十八歳。まだ独身だった。ことアメリカに関しては、星より大先輩である。

津田家はみな洗礼を受けたキリスト教の信者であった。よな子という名も、聖書からとったものである。

星はふたたびアメリカに渡り、ニューヨークに戻る。後藤からの援助の金で「ジャパン・アンド・アメリカ」はひと息つけるようになっていた。

それからシカゴへ行き、後藤のためのホテルを予約した。当時、ここがアメリカの工業の中心地だったのである。

やがて、後藤新平が新渡戸をはじめ十名ほどの部下を連れて到着した。星はあらかじめ、どのようなところを見学させたらよいかを調べ、スケジュールを作って待っていた。また、洋服も新調した。台湾をたつ時、星は後藤から金を渡され「これで夏服を作れ、命令だ」と言われていたのだ。後藤はおしゃれで、派手好きだったのである。

駅に出迎えた星に、後藤は言った。

「やあ、アメリカ人、その服はよく似合うぞ。さて、なにを見せてくれるのかね」

「たくさんございますよ」

星はシカゴをはじめ各地を連れまわした。名所見物などは省き、産業に重点をおいた日程だった。説明をし、資料を整理してつぎつぎに渡す。

ドイツ人の製糖技師が二名、アメリカの会社との契約が切れて帰国するという話を聞き、星は後藤に報告する。後藤は新渡戸に命じて、すぐやといいれるよう契約させた。

後藤の一行は滞米三カ月。さすがの後藤も、ニューヨークの巨大なビルのむれには目をみはっていた。そして、星に見送られ、一行は船で東へと去っていった。このあと三カ月、ヨーロッパを視察して帰国する日程なのである。

星はニューヨークに残り「ジャパン・アンド・アメリカ」の発行の仕事をつづける。ひと息ついたものの、依然として赤字つづきなのだ。その誌上で、台湾の特集をやったりした。

　この年、星の恩師であるメイヨ・スミス博士が自宅の四階の窓から落ちて死亡するという、不幸な出来事があった。大学在学中、ずっと統計学を教えてくれた人である。心から尊敬できる人であった。星はしばらく悲しみにひたった。

　フィラデルフィアに寄ると、野口はフレキスナーの個人的な助手から、ペンシルバニア大学の正式の助手に昇格していた。あい変らず、研究に熱中していた。野口も星が相手だと、冗談を飛ばし、気楽にしゃべるのである。

　明治三十六年（一九〇三）となる。星は二十九歳。

　年があけると、星はまた日本に帰った。出かけるといったほうがいいかもしれない。外務省からの補助金の件を促進するためである。しかし、あいにくと議会が解散となり、三月に総選挙という状態で、それどころでなかった。

　しかし、伊藤や杉山の口ききで、農商務省から年間九百円の補助金が支出されることにきまった。充分とはとてもいえないが、いくらか助かる。

　そんな役所相手の交渉をしながら、星はわずかなひまを作って、郷里へ寄った。父母はあたたかく迎えてくれた。喜三太に話す。

「アメリカでの雑誌の仕事は順調とはいえませんが、がんばっています」

「努力することだな。そのうち、きっとうまくゆくよ」

くわしい事情は、喜三太にはわからない。しかし、むすこがひとつのことに熱心にとりくんでいることは理解できた。

母のトメは少しやせたようだった。

「お母さん、ぐあいはいかがですか」

「元気だよ。あれから十カ月ぶりだね」

「そうなりますね。これからは、年に一回ぐらいは帰ってきますよ。そのうち、アメリカでの仕事が一段落したら、日本でなにかはじめたいと思っています。そうなれば、もっとしばしばここへ来られます。もうしばらく待って下さい。うまくいっているのです」

心配をかけたくないので、母にはつとめて明るく話した。広いアメリカで最も大きな町、ニューヨークで忙しく働いているのだということを。そして「ジャパン・アンド・アメリカ」を見せた。トメはそれを眺めながら言った。

「わたしは字が読めない。それなのに、おまえは字の読み書きができるようになったばかりか、外国の言葉もでき、こんなものをつづけて出せるようになった。ほんとによかったね」

「もっともっと大きなことをしてみせますよ。ですから、お母さんも楽しみにしていて下さい」

「おまえも元気でね」

三日ほど滞在し、東京へと戻る。日本にいたのは一カ月。星はあわただしくニューヨークへ戻った。そして、雑誌の発行を継続するため奔走する。いろいろとくふうするが、経営はいっこうに好転しない。

春となり、夏となる。しかし、星には春も夏もなかった。金のやりくりのことが、頭からはなれない。ニューヨークの夏は暑さがきびしいが、避暑どころでなかった。

その夏がすぎると、故郷から思いがけないしらせがとどいた。母のトメが、九月の十五日に胃の病気が悪化して死亡したのである。五十四歳だった。手紙の文章から、喜三太は病気のことを連絡すると、星がむりをして帰郷し、アメリカでの仕事にさしつかえるかもしれないと、だまっていたことを察することができた。

その夜、星はひとり泣きあかした。幼少の時の思い出がよみがえって、いつまでも消えない。東京へ勉強に出られたのも、母のおかげだ。そして、このアメリカへも渡ることができたのだ。

「もっと生きててもらいたかった……」

葬儀に帰ろうにも、その金さえ節約しなければならない。生前に、いちおう成功した姿を見せたかった。伊藤博文、杉山茂丸、大岡育造、後藤新平、新渡戸稲造、それらの人たちに、星は才能をみとめられている。しかし、まだなんの成果もあげていない。

「ジャパン・アンド・アメリカ」は、それほどやっかいなお荷物だった。星にとりついた病気でもあった。星は負けずぎらいであり、意義のある仕事でもある。投げ出すこともできず、苦戦をつづけなければならなかった。

婚約者のよな子から、いつ結婚できるのかとの手紙が来るが、見とおしを答えようがない。いつになったら軌道に乗るのか、泥沼から抜け出せるのか、星のほうでも知りたいくらいなのだ。

この十月、新渡戸は台湾の職をやめ、京大の教授となり、ふたたび内地での学究生活に戻った。ハワイから改良品種を移植することで砂糖産業の基礎が確立したこともあり、健康上の理由からでもあった。

よな子は新渡戸を通じて、星との婚約をとりやめたいと、指輪を送りかえしてきた。彼女とすればむりもないことである。

星はその指輪を売り、友人たちと食事をし、残りは営業資金にまわした。感傷にひたるどころではなかったのだ。

その新渡戸の著書『武士道』はアメリカで評判を呼んでいた。大統領のセオドア・ルーズベルトは、この本が気に入り、六十冊も買いこんで知人にくばった。また、子供たちにも与え、こう説明した。

「これはいい内容だから、読みなさい。しかし、理解できない部分もあるだろう。主君に忠という個所だ。ここは無理に知ろうとしなくていい。主だとか君だとかいう言葉が出てきたら、そのかわりにアメリカの国旗という言葉をあてはめるのだ。この国では、忠の対象は国旗である」

かなりのほれこみかたである。アメリカの西部では移民の増大により、日本人との間に問題もあったが、東部には日本に対して好意的な空気があった。

また、この十月には、野口英世がカーネギー奨学資金によって、デンマークへ留学していった。その師のフレキスナーは、ニューヨークに新設されたロックフェラー医学研究所の初代の部長にまねかれて就任した。

16

星は雑誌の経営に苦しみながら、なにか打開策はないかと考えつづけだった。そのうち、ひとつのことが頭に浮かびはじめてきた。来年、明治三十七年（一九〇四）にアメリカのセントルイスで万国博覧会が開かれるのである。アメリカが広大なルイジアナ地方をフランスから買って百年目に当る。それを記念してという意味もあった。星は四年前のパリ万国博を見ている。盛大なものだった。約四千万人の入場者だったという。各国も規模をきそいあっていた。セントルイスのも、一段とはなばなしいものとなることが予想された。

日本もこれに参加する。御所の紫宸殿《ししんでん》や金閣寺をかたどった建物が作られはじめた。ロシアが満州を支配下におき、朝鮮にも手をのばしていた時期で、国内ではロシア討つべしの声が高まり、戦争は避けられない情勢だった。

博覧会どころではないという意見も強かった。浜口隆一、山口広著『万国博物語』によると、日本館の事務官長はこれまで何回も万国博を手がけた手島精一という人で、このような時こそ各国に日本を認識させる必要があると政府を説得し、予定を進行させたのである。

星は日米週報社で「米国セントルイス万国博覧会渡航案内」なるパンフレットを作り、日本に送って販売を依頼した。日米週報社には、日本語の活字がそなえつけられるまでになっていたのだ。

それに「欧米礼儀作法」というパンフレットを付録につけた。渡航者が恥をかかないようにとの注意である。ポケットに手を入れて歩くなとか、ナイフで食物をフォークの上にのせるなとか、服装習慣から、食卓、室内室外、ありとあらゆることに及んでいる。

そんなのを作っているうちに、自分のなすべきことは、アメリカ人に日本を知らせるほうが重大だと気づき、日本を理解させる英文のパンフレットを作成した。マルコ・ポーロの旅行記にはじまって、日本の風俗習慣を紹介した面白い読み物の「日本観光案内書」と、日本の科学工業の発達ぶりを紹介した「日本の財政商業の現状」というのの二種である。

年があけて明治三十七年の二月。とうとう日露は開戦するにいたった。日本の連合艦隊はロシアの東洋艦隊に攻撃を加え、陸軍は仁川《じんせん》に上陸し、進撃を開始した。

ロシアは戦争を理由に、万国博への参加を中止した。アメリカにおいては、小さな国、開国させてやった国ということで、同情もあり、日本はロシアより人気があった。

星は二種のパンフレットを持って、日本館の手島を訪れて言った。

「こういうものを作りました。入場者に売りたいと思いますので、会場の一部を使わせて下さい。日本のためになります」

「内容は悪くないようだな。わたしはこれまでに、各国の万国博を見ている。しかし、こういうのの販売は前例がない。本来なら、政府が買い上げて、日本館入場者に無料でくばるべきものだな」

「有料のほうが読まれると思いますが、仕方ありません。では、これを買い上げていただけますか」

「そうしたいのだが、その予算がない。開会も迫っているし、まにあわないな。きみになにかいい案はないか」

「なんとか考えてみます」

星はセントルイス博覧会の会長に面会し、交渉したが、売店の許可は出せないという。しかし、ここであきらめるわけにはいかない。

博覧会の役員の夫人たちのパーティーが開かれることを聞きこみ、ちょっとでいいからスピーチをさせてくれとたのみ、そのチャンスを得た。そして、自分の苦学中の体験を通して見たアメリカの婦人についての印象を語った。星はこれまで、善良な主婦たちに多くめぐりあっているので、結果的にほめることになり、夫人たちを喜ばせた。さらに、日本女性の長所にもふれ、日米親善のために、売店をひとつ希望していることをつけ加えた。

それが好評で、翌日、会長から会いたいとの連絡があり、売店の許可をもらえた。女性の力の強い国なのである。また、星のスピーチを聞きそこなった人たちからの、講演の依頼がいくつもあった。なんだか忙しくなりはじめた。

四月の三十日に開会となる。

売店は会場の入口のそばという、いい場所だった。「日本館案内所」という看板をかかげ、印刷した英文パンフレットに一冊一ドルの定価をつけてつみあげた。売行きはよかった。安いとはいえないが、これで日本という国がわかるのだ。

また「やさしい母親のかおり、日本のお茶をどうぞ」とのポスターを出し、番茶をコーヒーカップ一杯二セントで販売した。コーヒーが五セントの時代である。しかも、この万国博は広大で豪華にもかかわらず、コーヒーの売場は会場内のどこにもなかった。そのため、大変な好評だった。

その売行きを見て、日本館の役人たちも不明をわび、日本産の絹製品、漆器、樟脳などの販売を依頼してきた。星は日本関係の営業の担当者という形になったわけである。

セントルイス・ブルースはこの地方の黒人の民謡だったが、この博覧会によって世にひろまったのである。会場は周囲十一キロとむやみに広く、展示館は千五百を越え、それぞれがまた大規模なのだった。

三つのものが人目を集めた。航空と自動車と無線である。航空とは飛行船のことである。五台が用意されたが、会期中、空に浮かびつづけたのは一台だけだった。だれが言い出したのか、前年末にはじめて飛行に成功したライト兄弟が、その飛行機でやってくるとのうわさが広まり、会場のすみに飛行場が作られた。まだ数百メートルを飛べるかどうかといった程度だったのに。

また、フォードが自動車の大量生産に乗り出したころであり、蒸気機関式の自動車にまざって、ガソリン機関式の車も何十台か出品された。会場内を救急車がサイレンを鳴らして走っている。これは出品物でもあったのだ。来場者のなかから病人が出ると、それを運び、性能を現実に示した。

無線はアメリカの各地、さらには空の気球とも交信し、その便利さを示した。

ベルが電話を発明したのは二十八年も前で、この博覧会には自動交換機が展示された。なお、会場の中央には大音楽堂があり、これまた大きく高い人工の滝がある。下の池にはゴンドラが浮かんでいる。城のような建物が並んでいる。夕刻になると鐘が鳴り、さまざまな色の電気の飾りが輝きはじめ、音楽がかなでられ、各所の彫刻の像に照明が当てられ、暗いなかに浮きあがる。永井荷風の『あめりか物語』のなかの描写の要約である。

二十五歳の荷風もここを見物し、夢心地になった一人であった。

星は日米週報の事務所を臨時にセントルイスに移した。邦字新聞もそこから発送したし、会場で売るパンフレットを、つぎつぎに増刷しなければならなかった。売店の仕事も忙しい。聞き伝えてやってきた日本の苦学生が、何人も働いた。

五月のはじめごろ、四十五歳ぐらいの日本人がやってきた。品のある感じのいい男で、こう言う。

「二カ月ほどひまがある。手伝ってあげようか」

「お願いします。ごらんの通りの忙しさです」

その男は英会話がうまかった。星は聞く。

「アメリカは長いんですか」

「明治十七年にやってきて、皿洗いから農業の手伝いなどをやり、ほうぼうの大学に苦学してかよい、明治二十八年にエール大学の神学部を卒業して帰国したよ」

「そうなると、たいへんな大先輩だ。わたしは二十七年にサンフランシスコへ来て、スクール・ボーイをしてからニューヨークのコロンビア大学へ入り、卒業したのです」

「スクール・ボーイは、その生活に安住しがちなものだが、よく抜け出せたな」

「ええ、まあ、なんとか」

おたがいに苦学時代の体験を語りあった。アメリカ生活が長いだけに、彼の仕事ぶりはみごとだった。渡米前には仙台出身の漢学者、岡先生の塾で学んだという。星が鹿児島で会った人である。そんなことも話に出て親しくなった。昨年、日本で『渡米案内』という本を出したとも言い、星にとって耳新しいことをいろいろ論じた。そして、七月に彼は去っていった。

その男は片山潜。留学中に社会問題に関心を示し、留学を終えて帰国してからは社会主義者として労働組合運動をはじめた。日本におけるこの分野の先駆者である。この年、渡米してシカゴのアメリカ社会党大会に出席したあと、ここへ来た。八月の末にオランダで、社会主義者の国際大会が開かれる。そのあいだ、とくにすることもないのでここの売店を手伝ったというわけだった。

多忙な日の連続だった。

十二月一日、閉会となる。その式の時、会長は日露戦争中なのに出品して協力してくれた日本に対し、とくに感謝の言葉をのべた。

星も自分のしたことが少しは役にたっただろうと、いささか満足だった。この年、高橋是清《これきよ》が戦費調達のため渡米してきた。その成功の一助になったのではなかろうか。

何日か休養し、売上げを計算してみると、かなりのものだった。一冊一ドルのパンフレットが、十万部も売れていた。また、そのほかの売上げもある。相当な利益であった。後藤新平から借りた金も返せたし、しばらくは「ジャパン・アンド・アメリカ」をつづけられる金も残った。

星はやっと金の苦労から脱出できた。しかし、こんなふうに楽しく働きながら利益をあげられるとは、はじめる前には予想もしていなかった。

年があけると明治三十八年。日露戦争は激戦を重ねたあげく一月に旅順を占領、三月には奉天の会戦で勝利、五月に日本海海戦で大勝。アメリカのルーズベルト大統領が講和の仲介に乗り出した。

いまや日本の存在は、世界にみとめられた。こうなると、無理をして英文雑誌の発行をつづけなくてもよさそうだ。そのうち帰国しよう。星はそう思いはじめていた。

野口英世はこの前年の十月、デンマークの留学から帰米し、ニューヨークのロックフェラー医学研究所で、フレキスナーのもとで助手の地位についた。彼は一生をアメリカですごすことにしようかと考えはじめていた。星など少数の者を除いては、あまり日本人とつきあわないようになる。

しかし、そうなると野口に対する周囲の風当りもきびしくなる。留学生ならアメリカ人もいたわってくれるが、この国に腰をおちつける競争相手となると、接し方がちがってくる。そのため、なおさら研究にはげまなければならないのだった。

日本から後藤新平の紹介状を持って、台湾専売局長の宮尾舜治という人が星をたずねて渡米してきた。

新潟県の出で、最初は漢学を学んだが、本を読みつくしたので、上京してみた。神田に下宿し、図書館がよいをしているうちに、学生がみな英語を勉強しているのに気づいた。なるほど、こんな時勢かと知り、いったん郷里に帰り、父親に「三百円だけ下さい。ほかの財産は弟たちにゆずってけっこうですから」とたのみ、その金を持って上京したという。

「それで勉強をはじめたのですか」

と星は、自分の経歴に似たものを感じて聞いた。

「いやいや、勉強はひとまずお休みにした。おせんべ屋をはじめたのだ……」

甘味せんべいの職人を大阪からやとい、両国橋のそばに店を出した。MIYAO商会と大きくアーチ形の飾りを作った。こんな店ははじめてである。彼はアメリカ式の宣伝法を調べ、店を目立たせ、乗合馬車に広告したりした。たちまち有名になり、朝からお客でにぎわった。

適当なところで店を他人にゆずり、その金で東大に入学、ゆうゆう勉強し、卒業後は大蔵省に入り、資産家の娘と結婚し、台湾の専売局長にまで昇進した。

「……しかし、役人生活もあきた。やめて、タバコの会社でもやろうかと思っている。それを調べにやってきたのだ」

宮尾のために、星はバージニア、カロライナなどタバコの産地を案内したが、世の中には奇妙な人生計画をたてて実行する人もいるものだなと、感心した。普通なら、まず学校と考えるところである。

うらやましいような才人である。平凡なことをきらう星にも、そこまでは考えつかなかった。それ以上の変ったことをやってみたい。しかし、自分は大学を出てしまっている。帰国したら、ひとつ、ゼロから出発してみるとしようか。東京の苦学時代にもさすがにやる気になれなかった、立ちん棒をやってみるか。坂で車のあと押しをして金をもらうのである。それで、十円をためる。それを資本に、おでんの屋台店をやる。百円のたくわえができたら、大福餅《もち》の店を出す。そして、千円の資本を作り、人生をささげるべき事業に乗り出す。そんなことも考えてみるのだった。

日本からは、いろいろな人が星をたずねて来る。いまやアメリカの日本人のなかで、かなり知られた存在になっているのだ。

宮原立太郎という千葉医大を出た人が、さらに研究したいと渡米してきて、星に聞く。

「だれか、ついて学ぶべき適当な医学者を知りませんか」

「それだったら、野口君だ。デンマークに留学してきて、いまはロックフェラー研究所員だ。一流の学者だよ」

星は口をきわめてほめ、連れていって野口英世に紹介した。宮原はそんな偉大な日本人がいたのかと、礼をつくしてあいさつした。

野口は大喜びし、きげんよく応対した。日本の医学界はドイツ系に占められていて、だれも野口をみとめようとしない。そんななかで、官立の千葉医大を出て、アメリカへやってきた医学者がいる。しかも、自分に師事したいという。こんな人ははじめてで、野口が満足したのもむりはなかった。野口は自分の業績を誇らしげに語り、宮原はさらに感服した。

それを機会に、星、野口、宮原の三人は、しばしばいっしょに食事をし、話しあうようになった。宮原はそのご、野口と同じ部屋で暮すほど親しくなる。宮原はあまり金を持っていず、時どき野口に借りさえした。野口から借金したのは、宮原ぐらいかもしれなかった。

星はいろいろ考えたうえ「ジャパン・アンド・アメリカ」を廃刊にする決心をし、安楽に言った。

「ぼくはアメリカの生活をこのへんで打ち切り、日本に帰ることにした。英文の雑誌はこれでやめよう。いちおうの目的ははたしたと思えるし、赤字も消えた。日米週報は、きみがつづけてくれ。こっちのほうは収支がつぐなうはずだ」

「ああ、なんとかやっていけるよ。そうか、帰国する気になったのか。で、日本に帰ってなにをするんだ」

「まだきめてないが、やることはいろいろあると思う」

「なんで、そんな心境になったんだい」

「セントルイス博のせいかな。活気があり、楽しく、忙しく、利益があがった。あのようなものを、日本ではじめてみたいんだ。まだ日本にないものだからね。容易でないことはわかっているが、研究すれば、そんな仕事はきっとみつかると思う」

「それはいいことだな。ぼくも手伝いたくなってきた」

「はじめてみて軌道に乗ったら、知らせるよ」

安楽は帳簿を持ってきて言った。

「博覧会の時の利益が、だいぶ残っている。きみがかせいだ金だよ。銀行からおろして持ってこよう」

「いらないよ。帰りの三等船客の旅費だけもらえればいい。英文の雑誌をやめると、無料のパスが使えなくなるからな。あとは日米週報の営業資金にしてくれ」

「しかし、帰って仕事をはじめるとなると、金がいるだろう」

と安楽はふしぎがる。しかし、星は宮尾の話で、ゼロから出発しようという気になっていた。

「いいんだ。アメリカへ来ていろいろ学んだし、多くの体験をさせてもらった。そのうえ金まで持ち帰っては悪い気がするんでね」

「それはそうだが、アメリカへ無一文で来たわけでもないだろう。郷里の人から、せんべつなどもらっただろう」

安楽は星が、前にみじめな帰郷をしたことを知っている。

「そうだった。死んだ母もそれを気にしていた。村の人たちへの、みやげ物がいる。その費用として、いくらか使わせてもらうよ」

星は街へ出て、指輪だの時計だのをいくつか買った。さらに、花屋の前で足をとめた。バラの花。ニューヨークでは見なれたものだが、いよいよ帰国となると、見る目も変ってくる。まだ日本にはない花だ。都会はべつとして、少なくとも郷里にはない。あの苗を買って帰って、学校の庭に植えよう。子供たちはその花を見て、外国への関心と夢とを持つようになるのではなかろうか。

星は帰国の準備にとりかかる。

野口英世とは食事をともにし、別れを告げた。

「ぼくは日本に帰ることにしたよ。また会おう」

「そうかい、さびしくなるな。日本か。なつかしいな。しかし、ぼくはここで一生をすごすことになりそうだ。また会えるかどうか」

「会えるさ。きみは、一回は帰国しなければいけない。郷里の母親のことを考えてみろ。ぼくはこのあいだ二回帰国し、母に会った。そのあとで、母が死んだ。帰郷する前に母に死なれていたら、後悔してもしきれない思いだったと思うよ。きみの心のなかの母のおもかげは、くにを出た時のままだろうが、現実にはもっととしをとっているんだよ。苦労だってしているだろうし」

星はかつて、杉山からそんな忠告を受けた。それに従っておいてよかったと思い出しながら、すすめた。野口はうなずいて言う。

「それはわかっているんだが、アメリカでの研究生活は、少し休むとおくれをとってしまう。とくにぼくは日本人だからね。いまの地位は大事なんだ。なにか名をあげてからにしたい」

「名声なんか、どうでもいい。研究のおくれは、がんばることでとりかえせるよ。一回は帰国すべきだ。健康で、ちゃんと仕事にとりくんでいる自分を見せてあげるだけで、いいんだよ。親は満足してくれる」

「しかし、旅費もいる。それに、日本には借金が残っている」

「しょうがないやつだな。ぼくは帰国したら、なにか仕事をはじめてもうけるつもりでいる。利益があがったら、進呈しよう。ただし、帰国の場合と、命にかかわる病気の場合だけだよ。とにかく、きみはお母さんに会わなくてはいけない。このことはよく頭のなかに入れておいてくれ」

「ああ」

在米が長いだけに、星には知人が多かった。あいさつまわりだけで、けっこう日数がかかった。当分こられないのだとなると、思い出話がつきないのだ。ひとり、ニューヨークの街を歩きまわる。高いビルのむれ、自由の女神の像、舗道、コロンビア大学、セントラルパーク。それらにも無言の別れを告げてまわった。あんなこともあった、こんなこともあった。きみたちを決して忘れないよ。

汽車で大陸を西へ横断する。サンフランシスコからレースをカバンに入れて未知の東部へむかった時のことを思い出しながら。

サンフランシスコでも、安孫子久太郎、アペンジャーなどにあいさつをしてまわった。街を歩いている、日本から着いたばかりらしい若者を見かける。希望にあふれた目と、緊張でかたくなっている動作。星はそこにかつての自分の姿を見る。ここにはじめて上陸したのが、明治二十七年、二十歳の時だった。そして、いまは明治三十八年、三十一歳。足かけ十二年間。長かったともいえるし、あっというまに過ぎさった年月ともいえる。しかし、これが自分で選び、求め、とりくんだ日々なのだ。後悔はなにもない。

乗船し、出航となる。アメリカ大陸がしだいに遠ざかってゆく。思い出にひたっている自分に気づき、星は船室へ入り、自分に言いきかせる。おまえは、いつから追憶にひたるようになった。追憶は青春の終りを意味する。すべてはこれからではないか。計画もなく、資金もない。なにをはじめるにしても、容易でないぞ。それができるのか。

できる、と自分に答える。なぜだ、なぜでも。その自信があった。それはたしかだ。なぜ、そう断言できる。いままでの体験によってだ。こう考えてきて、それを与えてくれたものへのあいさつを忘れていることに気がついた。

星はふたたび甲板へ出る。陸地の影は水平線のかなたに消えようとしている。それにむかって、心のなかで言う。

「さよなら……」

17

さらに書きつづけてもいいのだが、とめどない形になってしまう。ここらあたりが、ひと区切りのようである。それ以後のことについては、簡単に記すことにする。

帰国すると、中央新聞の大岡育造から「営業部長になってくれないか」と、高給でさそわれた。伊藤博文からは「こんど朝鮮統監に任命された、官吏になって手伝ってくれ」と言われた。

後藤新平からは、南満州鉄道で働かないかとすすめられた。いわゆる満鉄で、日露戦争の結果、日本はそれまでロシアの所有だった鉄道その他の利権を入手した。それらを管理する会社である。後藤は台湾の民政長官をやめ、その初代総裁に就任していた。

みな悪くない話だったが、そのいずれをも謝絶し、星は日本ではどのような分野に将来性があるのか、自分なりに研究し調査し、東京で製薬事業をはじめた。最初は資金四百円という小さな規模だったが、それは順調に発展した。星は利益を事業の拡張につぎこみ、杉山茂丸たちの応援もあり、しだいに大きくなってゆく。

明治四十年、津田梅子は妹のよな子をともなって、アメリカへ旅した。よな子は、かつて星と婚約したことのある人である。梅子はヨーロッパをまわって帰国したが、よな子はサンフランシスコにとどまって学び、その地で結婚した。

相手は安孫子久太郎。かつて星が渡米した時、最初に世話になった福音会の会長である。ふしぎな縁というべきであろう。安孫子は明治三十五年に日米勧業社を作り、西部各地で農園経営、炭鉱、鉄道建設などを手がけ、成果をあげつつあった。

父の喜三太は、ずっと錦村の村長であり、郡会議長も兼ねている。だが、まだ村のためになすべきことが残っているのではと考え、小学校の建設を思いたった。それは星が幼少の時にかよった「お寺学校」のままの、みすぼらしいものだったのだ。その計画の進行にはさまざまな問題もあったが、村民たちの協力により、新しい校舎が完成した。明治四十二年の春である。

そして、六月四日、その祝賀会が盛大におこなわれた。喜三太は村長として、発案者として、先生や生徒、来賓たちを前にあいさつをした。とくいでもあり、心からの満足感を味わった。それが終ってから祝宴となる。喜三太はたくさん飲み、そして酔った。いい気分で、夜おそくまで、だれかれかまわず話しかけた。

「やっと学校ができた。学校ができた……」

夜がふける。近所に住む親戚《しんせき》の星友太郎と連れだって、例によって大声をあげながら、家にむかう。うれしさのこもった声だった。別れぎわに、友太郎に言った。

「タバコの火を貸してくれ」

そして、一服か二服したとたん、道ばたに倒れた。脳溢血《のういっけつ》をおこしたのである。友太郎のしらせで、みなは喜三太を家に運びこんだが、意識を回復することなく、午前一時に息をひきとった。

その年の十月、伊藤博文は満州へおもむいた。この地に旅行中の、ロシアの蔵相と会見のためである。それをはたした直後、安重根という韓国人に暗殺された。

星はその製薬事業が盛大になるにつれ、ひとりでは管理しきれなくなった。そこでニューヨークの安楽栄治に力を貸してくれないかとの手紙を出した。安楽は承知し、大正二年に帰国、以後、経営面での星のよき協力者となる。

大正四年、野口英世は日本の学士院から恩賜賞《おんししょう》を与えられた。日本の学界における最高の賞である。星はその前年、親類の赤津誠内という青年を渡米させ、野口のもとで医学を学ばせるようにした。その時も、早く帰国するようにとの手紙を託した。受賞した野口は、やっとその気になり、星へ電報を打った。

〈母に会いたし、金を送れ〉

それに応じて、星は五千円を送金した。かなりの大金である。この前年、ヨーロッパで大戦がはじまり、日本はドイツから薬品が輸入できなくなり、国産品への需要が高まっていた。そんなこともあり、野口に金を出す余裕もできていたのだ。

九月に野口は帰国。国をあげての歓迎がなされた。母親につくす日々を持つことができた。そして、十一月のはじめ、ふたたびアメリカへと戻っていった。

この大正四年の十一月、星は錦村の小学校のそばに、父の喜三太の碑を立てた。これは、こけむし、読む人のないまま今も残っている。上のほうの「流芳不尽」という題字は後藤新平の書。碑文は鷺《さぎ》重三郎によるもの。漢文で喜三太の経歴を淡々と簡潔に記してある。そして、最後にその人柄と人生をこうまとめている。

豪放廉潔　気鋭志堅　識量如海　談論如泉　委身公職　鞠躬多年　利民益世

誰能比肩　絢公抵死　功徳倶全　流芳不尽　千載永伝

むすこが亡父に関して、なにか記録を残すとすれば、この程度が適当なもののようである。

その点、私はいささか多く書きすぎた。

解　説

小島直記

伝記には、周知のように自伝と他伝がある。その自伝の中からもっともおもしろいものを選べということなら、私はためらうことなく、福沢諭吉の『福翁自伝』、河上肇《はじめ》の『自叙伝』、『高橋是清《これきよ》自伝』、石光真清《まきよ》の『城下の人』とならべて、杉山茂丸の『百魔』をあげたいとおもう。

私が「星一《はじめ》」という人物のことを知り、好感をもったのは、この『百魔』によってであった。本を読んでから、大正時代私の生れた九州の片田舎で、ホシ胃腸薬を愛用するひとが少なくなかった、というおぼろな記憶がよみ返り、あのクスリをこのひとがつくったのか、というなつかしさをおさえることができなかった。そして同時に、これは伝記小説にしたらおもしろいかもしれぬ、といつの日にか作品化することも考えたのである。

ところがその実行にうつる前、星新一さんの『明治・父・アメリカ』が上梓《じょうし》された。

私はさっそくこの本を求めて読了し、自分で書かなくてよかった、とおもった。この本はそれほどよく出来ているが、その理由は、星さんが「星一」の長男だからということとはストレートに結びつかないのである。

一人の人物を書くのに、他人よりも身内のものが当るほうがいいものになる、というのは、それほど自明の理ではない。身内であれば、他人よりもデータが豊富であるのは当然であり、他人が伝聞によって手さぐりするのとちがって、身内のものは肉眼でその人を見ている。そのリアリティにおいて、比較を絶するものがある。ここまではまちがいないだろう。

けれども反面、身内であるだけに一つのハンディキャップを負っているともいえる。愛情で眼が濡《ぬ》れるということもあり、それは対象人物の客観視を不可能にさせる。また、身内であるだけに手ばなしでほめにくい、という感情も働くだろう。そのため、当然声を大にして強調し、賞揚すべきところもひかえ目に書いてしまう、ということになりかねない。そういう配慮のない本——いいかえれば、身内のものがあまりにも身内のものを偶像化し、手放しで賞《ほ》め上げた話というものは、大体においてありがたくないし、そういうものを読まされると、気持がシラけてしまって、せっかくいままで抱いていた好意も消えてしまう、ということになりかねない。

いいかえれば、星新一さんは、その父を語るという仕事をはじめたことによって、大変に困難な課題を負われたことになる。身内だから書きやすい、ということではなく、反《かえ》って書きにくいという気持とたえず対決しながら、星さんはこの作品の筆をすすめられたことであろうとおもう。

その成果はどうであったか。そのことを証言するのがこの『明治・父・アメリカ』である。星さんは、身内のものというハンディキャップを見事に克服しておられる。その理由はどこにあるだろうか。

周知のように、星さんは日本におけるショート・ショートの第一人者で、その才筆は国際的にも評価が高い。その稀有《けう》の才能がハンディキャップを克服したといってしまえばそれまでだが、それは何もいわないこととおなじである。ハンディキャップ克服の条件を、私はつぎのように理解している。第一は、対象に対する間合いのとり方のうまさだ。近すぎてベタベタもせず、遠すぎて不明確ということもない。それを簡潔で、明快な文体が快いリズム感を伴って的確にとらえていく。第二は、背景に対する理解と共感だ。『明治・父・アメリカ』というタイトルは、決していい加減な配列ではない。明治という時代、アメリカという国は、「人間形成の母体」であり、星一という青年は、そこでこそ開花したのだ、という星さんの感懐が、作品全体のしめくくりとなり、タイトル選定にもなったのだとおもう。

無論、「明治」にも「アメリカ」にも悪い部分はあった。藩閥政府、官尊民卑、女権無視、人間差別が明治の悪い部分であり、金権、物質万能主義、奴隷《どれい》制度などがアメリカの悪い部分であることを否定はできない。しかし星さんが「おおらかな時代だった」と書いておられるように、その若い時代、若い国には昭和の今日にない「体温」があった。官僚的なところはなかった。伸びようと努力する若いものを助けてやる時代であり、社会であった。

国の若さとは、可能性の大きさだ。星は、そういう時代と社会にマッチできた。それは彼が抜け目がなく、打算的で、政略的で、それで人びとをひっかけたからではない。その正反対だ。純真で、忍耐づよく、健康な青年だったからだ。彼は、つねに自らを窮地に追いこんだ。それが彼を鍛え、人びとに快く手をさしのべさせる原因となる。

粗服をつけ、労働をしながらも、彼は堂々と生きていく。異郷での仕事は、かならずしもうまくいかない。

「一カ月のあいだに二十五回も追い出されるという記録を作った。早ければ一時間、長くて二十四時間でくびになってしまうのである」

惨澹《さんたん》たる生活苦を叙しながら、不幸を陰惨な影として意識させることがない。そこに、距離、文体、理解、共感が渾然《こんぜん》一体となった成果が出ている。そしてそれは人間としてのよろこびや悲しみに不感症になっている、ということではないのだ。

星青年が学僕としてやとわれたアペンジャー家の夫人が、あるとき、

「おまえのお母さんは、きっと非常に立派な人なんでしょうね」

といいだす。そして、

「なぜ、そんなことを……」

といぶかる星青年に、

「ここの家でも、これまでに何人かの日本人を使ってみました。しかし、どの人も同僚の悪口を言ったり、不平不満を口にしたりする。それなのに、星は一度もそんなことを言わず、よく働いてくれている。おまえのお母さんは、おまえのような純真な子を生み、忍耐づよい、健康な青年に育てた。これは容易なことではありません。だから、会わなくともそれがわかるのです」

という。

そう言われて、星青年は胸にこみあげるものを感じ、涙を流した。

「わたしは子ですから、もちろん母を尊敬しております。しかし、ここの奥さまにそうおほめいただくとは、思ってもみませんでした。そのお言葉を母が聞いたら、どんなに喜ぶことでしょう」

この箇所を読んだとき、私は涙をおさえることができなかったが、おなじ思いをされる読者は決して少なくないとおもう。

星新一さんの文体は、決して感動を強要しない。ここがサワリだと構えて、これでもか、これでもか、とおしてくるところはない。それでいて、読むものに心からなる共鳴をおぼえさせ、涙をながさせるということは、人間いかに生きるか、という一番大事な問題をピタッととらえているからだとおもう。

あえていえば、この場面には白人も日本人もいない。いるのは、堂々と生き、人間として一番大切なもので生き、それで相対している二人の人間である。

星新一さんは、その涼しく澄んだ眼で、人間として一番大事なものをピタリととらえている。それを、愛情をこめ、簡潔に、気どらずに、静かに語ってくれる。それが見事に成功しているのは、星さん自身がそういう生き方を作家としての原型において書いておられるからにちがいない。

人間としての自分の、魂にバイブレートするもの、それを一個の男に探ることによって、星さんは「父を語る」という至難の課題を見事にはたされたのである。

この本には、「明治時代」の「星一」が語られている。そのあとどうなったか、を知りたい方は、おなじ作者による『人民は弱し 官吏は強し』(昭和42年、文藝春秋刊、新潮文庫収録)を読まれるとよい。

この作品について、「サンケイ新聞」は、

「十二年間のアメリカでの苦学生活を終え、星一は明治三十八年帰国した。時に三十一歳。そこで彼は製薬事業を起こした。(中略) 苦学生活にとって最大の災難は病気。そこで、ひどくならぬうちに売薬を買うことが多かった。そのなかで有効と思われるものを、彼は国内でつくった。新聞に大きく広告し、特約販売店を通して売った。在来の日本にはない方法である。これが成功し、本社ビルもできた。大正三年、彼は新規事業に着手(中略)はじめて国産のモルヒネができる。さらにコカイン、キニーネと手を伸ばした。国産アルカロイドは星によって定着するかに見えた。(中略)官憲は陰に陽に圧迫をはじめた。それに政党がからまり、製薬業界内の政商も暗躍した。最後には、でっちあげの裁判ざたさえも起こった。結局は無罪になったが、刑事被告人になったということだけで、事業は致命傷を受けた。官吏は、国家的には損失を招くことまであえてして、一企業をつぶした。しかも役所独特の無責任体制では、その責任を追及することはできない」

と紹介した。

星さんには、このほか、『祖父・小金井良精《よしきよ》の記』（昭和49年、河出書房新社刊）という名著がある。また、中村正直、野口英世、岩下清周《せいしゅう》、新渡戸《にとべ》稲造、エジソン、花井卓蔵、後藤新平、杉山茂丸（以上「別冊小説新潮」）、伊藤博文、後藤猛太郎（以上「小説サンデー毎日」）を主人公としたすぐれた伝記小説がある。一読をおすすめしたい。

（昭和五十三年六月）

父と息子

福原義春

久しぶりに明治人の立志伝、それも作家としての星新一が父星一の前半生に取り組んだ作品を、復刊される機会に読ませてもらって、云《い》い知れぬ感慨を覚えた。

それは何かと云えば、一つには明治の若者たちの勉学と向上の意欲の強さである。克己心《こっきしん》がその裏打ちになっていたことがエピソードのいくつかに読み取れる。社会体制や旧《ふる》い価値観がひっくり返ったこの時代、個人の知識や力量が未来の指導者の素質になった。星佐吉、後の星一が東京に出て勉学をしていた頃からの座右の書は木版刷和綴《わと》じの「西国立志編」であったと云うが、ベンジャミン・フランクリンを含む外国の偉人たちの伝記は佐吉ばかりでなく、明治と云う激動の時代を担《にな》った若者たちに大きな影響を与えたのだった。

もう一つには時間的に前後はあるが、私の祖父、伯父などの軌跡と星一の接点の多さであった。星一は代議士大岡育造の米国調査を手伝い、大岡に請《こ》われてコロンビア大学在学の途中で一九〇〇年のパリ万博の視察に同行するが、私の祖父福原有信は生命保険事業の調査を兼ねて渡航し、同じくパリ万博を見学して文化的な衝撃を受けたのであった。そして嫡子《ちゃくし》であった私の伯父福原信三を星一と同じコロンビア大学に留学させた。さらに星一が星製薬を成功させたのち、箱根強羅に別荘を持ったことも福原有信と同じであった。こうした事跡が偶然であったのかどうかは知る由《よし》もない。しかし明治の日本をつくったのは決して多数とは云えない実力者であり、かれらが構成したサークルには有形・無形の結びつきがあったに違いない。

作家としてすでに成功していた星新一の父をなつかしむ伝記は、仕事が生きがいであったが家庭内ではやさしかった思い出に出発点があった。古い時代に三種類もの聞き書きや評伝があったものを下敷きにしたとは云え、数多くのエピソードをちりばめて、読みやすい、云わば立志伝になった。もちろんこの種のエピソードには美化してしまっているものもあるだろうが、年月を経てあえて目くじらを立てることもなさそうだ。しかも明治の近代化による時代の変化や世界と日本の情況の対比を横糸にして織りなされているのは心憎い構成である。

また星一の前半生を読ませながら同時代に活躍した人々の姿が描かれているが、ほんの何人かを挙げても、新渡戸《にとべ》稲造、野口英世、後藤新平など、後の日本ばかりでなく世界にも影響を残した人たちとの交渉があったことがわかる。

ところで明治三十八年に帰国した星一のその後については『明治・父・アメリカ』と題した本書の触れる所ではない。やがて星製薬を創立し数々のアイデアで成功した星一の往《い》く道には次々と陥穽《かんせい》があった。

私の少年時代の記憶でも、星製薬はしばしば公権力と対立し、当時のマスメディアに足を引っ張られ、世間の噂《うわさ》となった。特に関係はなかったけれども、薬品業界の話題であった星製薬の蹉跌《さてつ》を知って他人事《ひとごと》ではないように思った覚えがある。

戦後、遂に渡米して資金を集めようとした星一は七十七歳でロサンゼルスで客死する。すでに不調になっていた会社の経営は長男の親一（新一）に引き継がれる。

これ以後の混乱と新一が作家として立った経緯は最相葉月『星新一――一〇〇一話をつくった人』（新潮社）に詳しい。そして星新一は星製薬をめぐる混乱から抜け出て作家の道を歩み、草創期のSFの世界に加わったのち、独自のショートショートの世界をつくり、一〇〇一話の偉業を達成した。

私も私の息子も星新一のショートショートのファンであったし、星新一の作品は現代の若い人たちにも読み継がれている。

不思議な縁で私の結婚により星家と私の家とは縁戚《えんせき》関係で結ばれることになった。

親族の冠婚葬祭の席ではそこに連なる星新一さんとお会いすることがあった。けれどもそうした席で私はあなたの作品のファンですなどとは云えないものだ。ただでさえ孤高の人のような、何となく近寄り難い雰囲気があった。

今こうして『明治・父・アメリカ』を残した星新一のことをもう一度考えてみよう。子供時代の親一にとって、父親星一は大切ななつかしい人であった。しかし成人して突然破綻《はたん》しかけていた事業の継承を迫られた息子としてはどんなに複雑な思いがあったろうか。明治の立志伝中の人であった父親との人生観の違いによる相克《そうこく》もあったに違いない。

さきの最相葉月の評伝によればもともと親一の母親精は星一と三人の子供を連れて実家の小金井家に住んでいた。長男親一はそこで文学に親しんでいた祖母の喜美子の影響を受けた。それが経営者としての煩《わずら》わしさから脱出して作家として立つきっかけになったとすれば、息子の消極的な抵抗とも云えるではないか。

このような父と子の関係の二つの面を見ると、父の生き方に押し潰《つぶ》されまいと作家として自立した新一が、再び子供時代のなつかしかった父を思い起こす動機も分るような気がする。

作家として立った新一の文学はこのような屈折を経ることによって昇華し洗練され

たのではないか。そうして見ると明治の星一の人生というものは次の世代を育んだ大きなものであったのだ。

父と息子の関係はいつの時代でも単純ではない。しかしそれを乗り越えることに息子の生きがいがあることを、本書からも知ることができる。

（平成十九年八月、資生堂名誉会長）

この作品は昭和五十年九月筑摩書房より刊行された。

星新一著

人民は弱し 官吏は強し

明治末、合理精神を学んでアメリカから帰った星一（はじめ）は製薬会社を興した――官僚組織と闘い敗れた父の姿を愛情こめて描く。

星新一著

おせっかいな神々

神さまはおせっかい！ 金もうけの夢を叶えてくれた〝笑い顔の神〟の正体は？ スマートなユーモアあふれるショート・ショート集。

星新一著

明治の人物誌

野口英世、伊藤博文、エジソン、後藤新平等、父・星一と親交のあった明治の人物たちの航跡を辿り、父の生涯を描きだす異色の伝記。

星新一著

天国からの道

単行本未収録作品を集めた没後の作品集を再編集。デビュー前の処女作「狐のためいき」、1001編到達後の「担当員」など21編を収録。

星新一著

ふしぎな夢

『ブランコのむこうで』の次にはこれを読みましょう！ 同じような味わいのショートショート「ふしぎな夢」など初期の11編を収録。

星新一著

ブランコのむこうで

ある日学校の帰り道、もうひとりのぼくに会った。鏡のむこうから出てきたようなぼくとそっくりの顔！ 少年の愉快で不思議な冒険。

明治《めいじ》・父《ちち》・アメリカ

新潮文庫　ほ - 4 - 17

昭和五十三年八月二十五日　発行
平成十九年十一月十五日　二十五刷改版
令和四年三月二十五日　二十九刷

著者　星《ほし》新《しん》一《いち》

発行者　佐藤隆信

発行所　株式会社 新潮社

郵便番号　一六二―八七一一
東京都新宿区矢来町七一
電話　編集部(〇三)三二六六―五四四〇
読者係(〇三)三二六六―五一一一
http://www.shinchosha.co.jp

価格はカバーに表示してあります。

乱丁・落丁本は、ご面倒ですが小社読者係宛ご送付ください。送料小社負担にてお取替えいたします。

印刷・株式会社光邦　製本・株式会社大進堂

ISBN978-4-10-109817-3 C0195